吉本ばなな×大野百合子

そうだ魔法使いになろう！

（望む豊かさを手に入れる）

徳間書店

魔法の扉や不思議の扉は、
半分眠っていて、
半分起きている時に開きます。
うた寝している時や、
まどろんでいる時です。

（大野百合子）

「魔法って何だろう？」
と思いますが、
「目に見えない、
あるいは目に見えるエネルギーを
自由に動かせる人」が
魔法使いではないでしょうか。
ばななちゃんは魔法使いです。

大野百合子

今ちょっと休んでいますが、
私のフラの先生（Sandiiさん、P91参照）から
ハワイアンネームをいただきました。
私の名前は「カハナアロハ」です。
「愛の魔法」という意味なんです。

吉本ばなな

私は何でも夢で見るんです。
ほとんどのことを
夢で判断していると言っても
過言ではありません。
夢は何でも教えてくれますからね。
すごいな、ありがたいなと思います。

夢次元を利用できるようになると、
気になっていることの解決策が、
上の次元の自分から降りてきます。
夢から得られる情報はほんとに宝物！
まずは「夢を覚えておこう」と
意識するといいです。

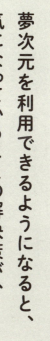

小さい頃に、
「朝起こしてくれるだけの人」
がいました。金髪碧眼の
すごく背の高い感じの人で、
「明日の朝6時に起こして」と言うと、
「朝だよ」って必ず起こしてくれました。
百合子セラピーによって、
今、私の見えない力の応援団が
明らかになりました。（吉本ばなな）

まえがき

吉本ばなな

この本のゲラを読者の目線で読んでいたら、つい「この人たち、頭大丈夫？」と思ってしまうくらい、突き抜けた内容の対談でした(笑)。

でも、私たちの間ではずっと昔から、こういう会話をするのがとても自然なことでした。それこそ前世（があるかどうかはほんとうにはわかりませんが、私の中ではあるほうが面白いというふうに思っています）からのご縁で、私たちは生まれる前にもこんな会話をしていたよね、と思うくらいです。

年上なのに百合ちゃんと呼ばせていただいて、そのすてきなご家族とも仲良くさせていただいて、私の家族も受け入れていただいて、行ったり来たり、ごはんを食べたり、とっても気楽な関係。でも、私は百合ちゃんのことを出会ったときからひたすら尊敬しています。

少女のような好奇心、いろいろなものを広く受け入れる心、行動の大胆さ、知識の深さ、完璧な英語、そしてその優しい話し方。ちょっとぼやいたりはしてもぐちは言わない、悪口も言わない。決していきなりなにかを強い意見でばっさり切ったりしない、おっとりした上品なありかた。私と正反対！　だから仲がいいのかも……！

百合ちゃんは、すばらしい人です。

百万の教えや知識があること（ももちろんすごいんだけれど）よりも、そのさりげなく見えてとても難しい、美しい生き方自体にいろんなことを教えてもらった、そう思っています。

出会ったときから、なんの気負いもなく自然に、私たちはお茶をしながら、ごはんをしながら、こんな会話をずっと交わしてきました。その雰囲気をシェアできたらなあと思います。相手になにかを強いたり、意見を強要したりしない関係の自由な風を。

この世の中には不思議がいっぱいあります。利益を追求するためにではなくて、この世の秘密を探ろうとする純粋な気持ちからでありさえすれば、その不思議を探検していくのは人生の大きな喜びであります。そしてもしこんなふうに語り合える仲間がいたなら、いっそう人生は楽しくなるのです。

私たちの今世が、この人生が、あとどのくらい残されているのかは神様しか知りません。でも、どうかどうか少しでも長く、百合ちゃんとご家族と楽しい時間を過ごせますように。そのたったひとつの気持ちを土台にした不思議だから、どんなにへんてこでも大丈夫な本なのだと思います。私たちの過ごしてきた幸せな年月が、あくなき探究心が、明るい笑いが、どうか伝わりますように。

こんな変わったそしてすてきな本を作るのをていねいに根気よく手伝ってくださった徳間書店の豊島裕三子さん、武井章乃さん、写真を撮ってくださりいっしょに話を聞いてくださった中谷航太郎さん、ずっと同行してくれた私のアシスタントの井野愛実さん。すばらしい絵を描いてくださった、百合ちゃんのおじょうさん、大野舞さん。

みんなで冒険をしたようでとても楽しかったです。ありがとうございました。

もくじ

第2章 魔法使い――よい流れを自分に引き寄せたり、流れに乗ること

第3章　ボディの直感力につながる

装丁　坂川栄治＋鳴田小夜子（坂川事務所）
カバー画／本文イラスト　大野舞
著者撮影　中谷航太郎
編集　豊島裕三子

第1章

何度
生まれ変わっても、
魂の本質は
変わらない

インディアンフルートを渡したのがきっかけです

吉本　よろしくお願いします。私は年下だけど、大野さんを「百合ちゃん」と呼ばせていただいています。いろいろな本で大野百合子さんの名前を見ていて、「どんな人かな」「会ってみたいな」と思っていました。そうしたら初めてゲリー・ボーネルさん（※1）のセッションを受ける時に「今日は通訳で大野さんが来るよ」と言われたんです。
でも、実際は別の人でした。それで、その人を大野さんだと思ったまま過ごしました。

大野　私は、そのことは全く知りませんでした。

吉本　私がその時の通訳の方に、お伝えして訳し直してもらうことが3回ぐらいあって、その方には失礼なのですが、「この方は本当にあのすごい訳をする大野さんだろうか？」と思って聞いてみたら、違う人だったんです。

大野　それでおハガキをいただいたのでした。

吉本　「私、あの時はいなかったんですよ」と。それで、「一度会ってお茶をしましょう」ということになって、初めてお会いした時に「ゲリーさんから預かってるものがある」と、笛をいただきました。

大野　ゲリーさんの深い意図があったのだろうと思います。

私が通訳としてアメリカのアトランタにあるゲリーさんの家に行った時、インディアンフルートがありました。彼の師匠はチェロキー族のシャーマンなのですが、その人が使っていた笛なのだそうです。その笛を、「帰国したら、ぜひ、ばななちゃんに渡してくれ」とゲリーさんから頼まれたんです。

吉本　ゲリーさんから「僕たちは前世、チェロキー族同士の時に会っていたんだよ。君はすごく笛がうまかったから、笛を吹いたらきっとうまくなるよ」と言われました。

それでたぶん、くださったんだと思います。

大野　そうだったんですか。世界的な作家のばななちゃんということで、私、すごくドキドキしながらお会いして、インディアンフルートをお渡ししたのが最初の出会いです。

確か9・11（アメリカ同時多発テロ事件）のあった2001年だから、かれこれ17年になります。

吉本　すごい長さ！

大野　それがきっかけで、お会いするようになって、海外旅行も3回ご一緒しました。

私たち人間は、「宇宙生まれの永遠不滅の魂」と
「地球生まれの肉体」という2種類のエネルギーでできている存在

イギリス、シャスタ山、フロリダ……。本当に面白かったですね。

私たち人間は、魂と肉体という2種類のエネルギーでできています。一人の中に別々の二人がいるような感じで「宇宙生まれの永遠不滅の魂」が、「地球生まれの物質から進化した肉体」の意識とコラボしている存在なんです。

そして、魂のほうは他の魂たちと一緒に宇宙から地球に団体旅行に来ています。そう、ちょうど旅行会社の団体ツアーみたいに。私とばななちゃんは、同じツアーのメンバーなんだということがわかってきました。

お誕生日が1日違いですし、深いご縁を感じて今に至るという感じです。

二人の過去世のつながり

大野　ばななちゃんに一番ご縁があると思ったのは、イギリスとチベット、そしてネイティブアメリカン時代です。

吉本　チベットも長いらしいですよ、私。長すぎて他は覚えていないぐらい。といってもなんとなくは覚えていますけどね。

大野　自分でリーディングをして「私が一番影響を受けている、二人が一緒だった前世はいつですか？」と尋ねてみたら、チベットでした。時代はわかりませんが、子どもの時にお寺に預けられてずっと修行をするようなシステムがあった村です。二人とも男の子で、ばななちゃんのほうが少し年上。私は小さかったから、修行だとわかってはいても毎日悲しくて……。

泣いている時にすごく優しくしてくれた先輩の修行僧、それがばななちゃんでした。

吉本　チベットではいろんなことがあったと思います。

大野　初めはすごく優しいお兄ちゃんでした。

吉本　だんだん、厳しくなった(笑)。

大野　その時のばななちゃんは、すごく深く真理を見通して、それに対して正直に生きる、そういうタイプの人だったんです。しかも、感覚というのかな、理論だけではなくて体験重視。身体感覚をずっと追求していました。

魂というのは転生しても本質というのは変わりません。

私はその時、どちらかと言うと、一生懸命、頭や論理で真理を理解しようとしていました。いつも「憧れのお兄さんみたいになりたいなぁ」と思っていました。
私は形式的な真実に囚われていたので、修行もなかなかうまくいきません。チベットの転生で私は長生きできなかったので、今度機会があったら、体感、感覚など身体を通して真理を知りたいと思ったんです。それが今世の私のテーマになっています。

ばななちゃんはたくさん転生しています

大野　人間が平均して転生する数は350回と言われていますが、ばななちゃんはそれよりたくさんの転生がありますね。
ゲリー・ボーネルさんから、何か言われませんでしたか？

吉本　「次はもう生まれてこない」と言われました。

大野　やはり、今世が最後なんですね。

吉本　それもちょっと困る(笑)。

大野　転生の数が多いから。

吉本　ほとんどがチベットみたいです。

大野　チベットで印象的な転生はありますか？

吉本　私、前世についてはいろんな人に視てもらっています。そのうち三つだけは、本当に体感として覚えています。

百合ちゃんの過去世回帰のセッションでも視てもらいましたね。その時はまだ子どもが小さかったので、子どもに関わりのある前世が出てきました。

一つはエジプト時代。私はエジプトのイシスの神殿にいました。見た目はクムフラ（フラの教師）でシンガーのSandiiさん（※2）みたいな感じです。髪が長く、神官みたいな格好をして、女の子と手をつないでいました。それが今のうちの子だという話でした。

子どもが天文学や理系の世界に行くのを見守っている。イメージの中では、イシス神殿にまだ色がついていました。年代はわかりませんが。

イシス神殿は、一度水に沈んだのを移築しているので、今は色がなくなっているんです。

大野　場所も移動していますよね。ばななちゃんとイシスは、すごく関わりがあったところだと思います。

吉本　その時も、百合ちゃんと一緒に何かしていたのかしら？

大野　はい。同じイシスの神殿で巫女《みこ》仲間でした。魂は同じグループで生まれ変わって旅行しています。私たちは同じグループなので、あっちやこっちでご一緒していました。
　ギリシャや、イギリスでも。

吉本　そうなんですか。

大野　なんだかんだ、ご縁が深いです。

吉本　私はチベットに至るまで二つの過去世を覚えています。
　一つは、メキシコでシャーマンについて修行している時のこと。無言の修行です。ウィリアム・レーネンさん（※3）に「あなたはこの前世に一番影響を受けている」と言われました。その時は女性でした。修行先の先生のことを崇拝していましたが、まだ若い女の子だから、なかなか話すことができませんでした。
　瞑想の部屋を作るために無言で働いて、タイル貼りをしていました。そのことはすごく強烈に覚えています。しゃべりたいとか、みんなと交わりたいとか、そういう印象が残っています。話したり遊んだりすることが禁じられていたので、「シャーマンにならなくてもいいから、みんなと遊びたいな」と思っていました。
　もう一つ覚えているのは、シュタイナーの教えを絵に描くドイツの画家だったことです。

すごくよく覚えています。その時も「修行で描いているんだな」と思っていたんです。

その他にも、イタリアの南部にあるカプリ島で作家をしていた時のこと。カプリに行ったら毎回そこに連れていかれる、という家があるんです。私はそこに行く気は全くないし、観光地だというわけでもないのですが、その家を初めて見た時「私の家だ」と感覚として思いました。

その人は犬をたくさん飼っていました。でも私はすごくその家のことをわかっていて、「あっちが台所」「ここにライオンの像を作ったのは私だもん」とか思っているわけです。「ここにタイルを貼ったのも自分だもん」と。「なんで台所に入れないんだろう」と、毎回変な気持ちになるんです。毎回そう感じるので、本当にそうなのだと思います。

誰だかわかっている転生はそれだけですね。その時の人生は、比較的穏やかだったと思います。

大野　その時もやっぱり、表現者、作家だったんですね！　今世の私のテーマは、五感を通して真理を探究するということ。ばななちゃんはたくさん転生しているけれど、私はたった100回あまりなんです。

吉本　だから私年下なのになれなれしくいろいろ言うのかな……。

大野　今は私のほうが一回り年上です。同じ辰年。それなのに、ばななちゃんにはいろいろ指導してもらっている感じがあります。

100回ちょっとしか転生していないから、肉体に入るのがとても面倒くさいという感覚が今でもあります。しゃべらないと伝わらないというのもとっても面倒で。だから娘たちにも、いつもママの言うことは言葉が省略されすぎていて、わけわかんないって(涙)。

私が講師を務めるノウイングスクール(叡智の学校)で「ふわふわしてないでグラウンディング、つまり現実にしっかり足をつけて」とか、「過去世のせいにしてはいけません」などと言っていながら、ちゃっかり言い訳にしていますね(笑)。

そういう意味では、ばななちゃんの小説はすごく感覚的で、五感を通した観察が活きています。だから読んだ人たちの心が動く。

チベット時代に思った「今度は自由に書きたい」

吉本　チベットの転生はたくさんあります。そこで姉や百合ちゃんや私の本のイタリア語翻訳をしてくれているジョルジョさんとか、今おつきあいしている人と一緒にいたみたいです。

チベットは、ロナルド・バードさん（※4）に視てもらった時に一番はっきりと出てきました。すごく面白かったのは、「引き出しを開けて鏡を見てください」と言われた時のことです。何も考えずにぱっと頭の中のイメージで出てきたのはお坊さんでした。「男だし、お坊さんだ」と思いましたが、すぐに納得しました。

「ではあなたの日常に入っていってください」と言われたら、大きなお寺の中、みんなが読経している時に遅刻して入っていきました。そこで、ジョルジョを見つけました。

ジョルジョは今でもチベットに関わっています。ジョルジョは私を見つけると、「遅れてきたね」みたいな感じでニヤッとしました。そのお寺の中には百合ちゃんもいました。

大野　その時一緒だったのかな。

吉本　そんなに年下の感じはしなかったけれど、「あ、百合ちゃんだ」と思いました。

大野　4つぐらい年上のイメージでした。

吉本　その時、私は記録係でした。公の記録をとるのが仕事です。

行事のある時に、お坊さんの誰がどの寺へ行ったなどという公の記録を書いていました。

すごく真面目そうなお坊さんでした。でも、自分の気持ちや天気のことなどが書きたくて、記録とは別に日記をつけているんです。その時に、「今度は記録じゃなくて自由に書きたいな」と思ったことをすごく覚えています。

大野　優秀なお坊さんでした。

吉本　それで、「チベットはもう飽きたな」と思っていました。

百合ちゃんが「体感を学びたい」と思ってチベットや修行をやめて転生したとしたら、私は「今回は自由に書きたい」なんです。その前はシュタイナーの教えを絵に描く画家だったし、カプリ島で作家だった時も、何か制限があったようです。それが何なのかは忘れましたが。

大野　その家の写真を見せてもらったことがありますね。

吉本　うん。「すごい懐かしかったんだよ」と見せたことがあります。

カプリ島に住んでいた時

大野 お医者さんでもあるみたい。アクセル・ム……。

吉本 その人！ アクセル・ムンテです。スウェーデンの医師であり作家。だからあんなに北欧が懐かしかったのね。

大野 スウェーデンの人でイタリア、カプリ島に住んでた……。

吉本 ヴィラ・サン・ミケーレ（サン・ミケーレ荘）だ。見てください。これをすごく覚えてるんです。

大野 わー、ライオンだ。こればななちゃんが作ったの？

吉本 テラスに、海を向いて設置した感じがします。そして今と変わらず犬が大好きだったらしい。名前はドイツっぽいなと思っていましたが、スウェーデンということは、今知りました。

大野 体感で覚えているのかしら？

吉本 その時医者だったからなのか、もっとアートな暮らしがしたいと思っていたんじゃないかな。

大野　今回で転生が最後、地球が最後の人は、かつて自分が生きていたところにけっこう行くことが多いんです。

吉本　不思議なことに行きますね。

大野　行くんです。たぶん、今世はいろいろな国に行かれたと思います。

吉本　すべて関係あるところなんでしょうね。

大野　かつて生きていたところですね。

吉本　カプリ島の時も、最初まったく行く気がなくて、「いいよ。ホテルで休む」と言っていたんですが、「いいから行こうよ」といつのまにか連れ出されてバスに乗っていくと、「あれ、これうちじゃん」と、すごく変な気持ちになったのを覚えています。

大野　魂は多次元の存在で、過去から未来へ流れる時間に縛られてはいません。

魂意識は直線時間とは関係ないんです。ですから、過去世の自分も平行次元の自分である「平行自己」とも言えます。

一つの魂が、重なりあう次元で、同時にいくつもの転生を生きている。

たとえて言うなら、テレビ局のスタジオで、いくつもあるカメラが同時にいろいろな場

魂は多次元の存在です。
一つの魂が重なりあう次元で、同時にいくつもの転生を生きています

面を映しているような感じです。実際にテレビの映像になって映されているのが今の人生。そういう意味では、同じようなテーマやパターンを私たちはどの転生でもけっこうしつこく繰り返しているんですよね。それはもう、うんざりするぐらいに。

自分の繰り返すパターンや、永遠に変わらない魂の本質に気づいていくプロセスが人生なんだと思います。気づけば変わる！

ですから、今、この瞬間に、アクセル・ムンテさんはライオンに手を置いてナポリ湾を見ているんでしょうね。

アーサー王の眠るグラストンベリーを一緒に旅しました

大野　今、私たちは地球の人類の歴史の中で、とてつもなく重要なポイントにさしかかっています。人間の集合意識が再び一元の時代に移ろうとしている時なのです。

昼と夜、男と女、善悪や正邪に分かれているのが二元の世界。それが一つになって対極を超える状態が一元の世界です。わかりやすく言うなら、先ほど言った、私たちの魂と肉体の意識が一つになっていくのが一元。

本音と建前、顕在意識と潜在意識、頭と体が一つに一致している状態です。

考えてみたらすごく楽ですよね。思っていることと感じていることが一緒なのですから、心は安らかです。

生き残るために安全を確保しようとしてきた肉体側の意識が、魂側の意識とちゃんと交流し始めると、時間と空間のない世界を生きている「魂の視点」も、なんとなくですが、体感できるようになってきます。私が求めてきた実感です！

そうなると、自分以外の人々や、森羅万象の意識がつながりあっている情報ネットワークに完全に接続できるので、自分も相手も大きな一つの存在のそれぞれ独立した側面であることがわかってきているのが「今」なんです。

別の言い方をすれば、過去と未来を隔てている境界線や、見える世界と見えない世界を隔てている境界線がゆるく、溶け始めていると言ってもいいかしら。

最近、なんとなく不思議な感覚になることはありませんか？　違う瞬間同士が重なっている感じとか、自分の手を「これほんとに私の手なの？」という感じとか……。

私は、どこか訪れると、時間と空間が交差するような感じがすることがあるんです。

吉本　どうでしょうか。あまり自覚はありません。でも目の前にあるもの以外を感じているようには思っています。

大野　例えば、世界遺産に登録された福岡県宗像《むなかた》大社の奥の院に行った時など、大昔にそこで儀式が行われていた映像がなんとなく重なりあうような不思議な感じがしました。

以前、一緒にイギリスに行った時、ばななちゃんは明らかに現在ではない別の時間と空間につながっているように見えましたけれど。

吉本　すごくたくさん幽霊を見ましたね。「嫌だな」と思いましたが、楽に昔を感じられました。

大野　そうそう、意識が昔の時空とつながってました。イギリスには、ばななちゃんのご家族と、うちの娘と一緒に行きました。特に南西部のグラストンベリーにご縁があったのかなと思います。

グラストンベリーはアーサー王とその妃が眠っていると言われている地です。その旅では精霊や妖精などの、目には見えないものたちが見えたり、いろいろ面白い発見がありましたね。イギリス南西部には、そこら中にストーンサークルとかストーンヘンジみたいなものがあるんです。あるストーンサークルに入っていく時、ばななちゃんは「ＳＵＵＭＯ

グラストンベリー

ストーンヘンジ

（スーモ）みたいなのがいっぱいいる！」っておっしゃって。

あの時「普段からそんなふうに見えてるのかな？」と思いました。

同じ土地にも多層の次元や時代があります。宗像大社でもそうですが、グラストンベリーにも太古の儀式が行われた時代もあれば、それが異教とされて、どんどん巨石が倒され取り除かれた時代もありました。多次元を同時に見ているのだと思うけれど、幽霊の領域に波長が合うのかもしれませんね。

吉本　どちらかというと、あんまり幽霊は見ないタイプです。

大野　あら、そう？　じゃ精霊ちゃんは？

吉本　そのほうが多いかな。でもソテツとは話ができます。イチイは気が合わないとか、そういうのはありますね。

大野　「木」なのに「気」が合わない（笑）。

ご一緒に旅をした後、2冊の本が生まれましたよね。『スナックちどり』（文藝春秋刊）と『花のベッドでひるねして』（毎日新聞社刊、幻冬舎文庫刊）。

吉本　元を取ったでしょうか（笑）。

大野　イギリスの体験を小説の中で別の人たちが、生き生きと生きているんです。

吉本　実際は鼻くそをほじってる子どもと、ぐーぐー部屋で寝てる旦那しかいませんでしたが。小説って恋愛とかを綺麗に書けるのでいいですね。

大野　グラストンベリーに滞在していた時、「すごく嫌な感じがする」と言っていましたね。

吉本　どこからか何かが私を見ているような。そうしたら、百合ちゃんの友達の本屋だったんですよね。

大野　そこに奇妙なウサギの彫刻がありました。

吉本　あれはきっと呪われています。ウサギの中に何かが入っているはず。下手したら人間の爪とか。

大野　私なんか「わー、綺麗なアクセサリー」「魔女グッズあるよー」なんて呑気にしてたのに、ばななちゃんはその「気」を一番最初に感じてらしてドキッとしました。

吉本　「呪われたウサギ」だったんですよ。その前の日の宿は、幽霊の宿でした。すごかった。

大野　一番古くて面白そうで、しかもメインストリートに面しているという。

吉本　でも、すごくよかった。

大野　16世紀かなんかの。

吉本　シャーロック・ホームズごっこができそうな。

大野　私はどちらかというとあまり感じないほうですが、部屋のテレビが点《つ》いたり消えたりしました。部屋にいたのは男性のスピリットでした。

吉本　私の部屋もクローゼットの扉がバーンと開いたりしました。閉めても閉めても、何回もバーンと開いてしまうの。

大野　あの宿にはいろいろいましたね。あとから検索すると「幽霊が出る」とはっきり書いてあった(笑)。

吉本　でも楽しかった。

大野　別に怖くはなかったです。だけどウサギの件で、ばななちゃんはやっぱりアンテナが違うんだなと思いました。

吉本　街に入る前の森のところで、精霊たちが「やぁ」とか話しかけてきて「まるでディズニーランドじゃん」「楽しいところだね」と思っていました。なのに宿泊は幽霊ホテル。でも、それは楽しかったんです。

ただ、すごく嫌な目が私を見てると感じました。日本にいないと勘がよく働くので、その嫌な感じを辿っていったら、本屋さんの奥にウサギの彫刻があって、「これか」と思いました。
大野　本当に奇妙なウサギでした。
吉本　その晩は、体中に包帯を巻いたすごく太ったおじさんがぴょんぴょん跳ねてるという、すごく怖い夢を見ました。
この夢、ウサギを意味していたんだと、ウサギの彫刻を見て納得しました。私は何でも夢で見るんです。

人の悪口を言わない

吉本　百合ちゃんが本当に素晴らしいなと思うのは、人の悪口は絶対に言わないことです。明らかに悪い人でも言わないんです。
大野　そうかな。あんまり自分で意識していませんが。
吉本　その辺が、チベットで徳の高いお坊さんだなと思うわけです。

大野　ありがとうございました(笑)。

吉本　言わないけれど、思っているということはわかります。でも、それ以上深めないっていう上品な感じ。それを24時間持っているのはすごい。

この長い17年に及ぶつきあいの中で、百合ちゃんが本当に文句を言ってるのを聞いたのは、「デザート食べようよ」っていう時だけでした。フロリダのレストランで異常な量のパンが出てきた時に、「これではデザートは無理かな」とみんなで言っていたら、「いや食べようよ」と。その時だけです。その時ハッとして、ちょっと萌えたんですけれど。

そのぐらい、「こうしたい」「ああしたい」ということを強く人にぶつけることはないし、本当に徳が高いなといつも思っています。

あと、普通の人が考えるような打算的なことや先読み的なことを一切考えない。

グラストンベリーで靴を5足も買ってましたが、普通は「そんなに買ったら重いよね」とか思わない。

大野　単なるアホじゃないかしら。

吉本　お土産を100個ぐらい買うんですよ。はちみつを10個ぐらい、それからジャムも10個とかって。

大野　え〜⁉　そんなに買いましたっけ。１００個はないでしょう。

吉本　重いんですよ。それでドライバーさんが百合ちゃんの荷物を持った時、彼が生まれて初めて「うっ」って言った。すごい力持ちの人で、絶対言わないのに。

「10個買ったら重いから5個にしておこう」とか、「誰々さんのを削ろう」とか、そういうのがなく生きているということが本当にすごいなと思って、私はいつもすごく尊敬しています。

そういう人間的な面が、スピリチュアル的な高みとイコールになるんじゃないかなと思います。

大野　瓶を１００個買うのが？（笑）

吉本　最終的に１００に近い数だったと思います。

大野　先のことをあまりよく見ないというか。脳の配線なのかな、と思います。

目の前のことだけに集中しちゃう。私の夫が私のことを称して「目の前の桑の葉だけをコリコリ食べている蚕みたい」と言うんですよ。

吉本　詩のような表現だけど、なんだかよくないね（笑）。

二人とも過去世でアーサー王に縁があります

大野　ばななちゃんは、旅をしていても、すごく自然体です。流れをとても大事にしていて、外の世界──宇宙というか大いなるものを信頼されてますね。私とばななちゃんは過去世でアーサー王にすごくご縁があるので、イギリスの旅でアーサー王ゆかりのいろいろなところに行きました。

アーサー王が持っていたとされる魔法の力が宿る聖剣、エクスカリバーがどこに沈められているのかと、湖を探しましたよね。

その時も、行けるんだったら行ける、行けないんだったらそういうものだ、起きることは起きるし、起きないことは起きない、起きなかったら、それはそれでいいという自然体の行動力があります。どうしても行かなきゃ、行かねばならぬ、がなくて、流れを信頼しているんです。

あと、一緒に旅をしていても、見ているものが全然違うので、それがすごく面白かった。

フロリダに一緒に行ったあと、ゲリー・ボーネルさんとヘミングウェイの話をしたのを覚えていますか？

吉本　何でしたっけ？　フロリダだからヘミングウェイの話をしたというのは覚えていますが。

大野　その時に、「人というのは、魂からアーティストな人と、職人、クラフツマンとしてのアーティストの二つのタイプがある」という話をゲリーさんがしたんです。

ヘミングウェイというのは魂からアーティストでした。文章の技術を学んで小説を組み立てていくタイプではなく、表現することとそのものが生きること。ピカソも真のアーティストだと言っていました。

吉本　私ったら、そんな大事なことをド忘れしてしまって……。

大野　それを聞いて、本当にそうだなと。

吉本　チベットの記録係や医者に飽きて……。

大野　この世界をすべてクリエイターの目で見ている。どんな時もです。

吉本　だから今世は、すごく忙しいんですね。

大野　私はストーンヘンジなどの聖地に行くと、古代ここで何が行われていたのか、その時代のそのテーマに意識の焦点が合ってしまいます。

幽霊ホテル

エーブベリー

エーブベリーのカフェ

チャリスの庭に流れる聖水

エーヴベリーは興味深いところでした。

吉本 どんなところでしたっけ。

大野 エーヴベリーは、ストーンヘンジから30キロ離れていて、大規模なストーンサークルがあったところ。

吉本 あそこ、街の雰囲気がすごく百合ちゃんぽいところでしたね。

大野 街全体がストーンサークルの中にあります。

古代の石が「ヴェシカパイシス」という、神が世界を創造した時に作った正円を二つ重ねた形、生命の始まりを表す形になっている、大きなストーンサークルです。近くには謎のピラミッドのような丘もありました。

吉本 私はミステリーサークルが一番気になりました。

大野 あと「女性が殺された井戸」にも行きましたね。

吉本 ここで殺されたという井戸にガラス板を置いてあって、普通にお茶が出てきました。その上でお茶なんて、「すごい。イギリス人やるな」と思いました。

大野 イギリスって、幽霊が出る屋敷のほうが、値段が高かったりするらしい。

その井戸カフェでお茶したあと、近くに願いが叶うというすごくパワフルなスポットが

ヴェシカパイシス——神が世界を創造した時に作った正円を
二つ重ねた形、生命の始まりを表す形

あると聞いてみんなで探しました。でも、行ってみたら、気はよくなかったですよね。

吉本　みんなが願いをかけすぎちゃったかな。よくなかった。

大野　場のエネルギーを感じる能力がすごい。

吉本　古道具屋みたいなところで、百合ちゃんと舞ちゃんが、気が違ったように古い鍵とかを買っていました(笑)。大野親子が住んでいると言われても納得してしまいそうな、いい感じのところなんですよ。静かで霧っぽくて。きっと二人はここに関係があるんだろうと思いました。

大野　大好きな街です。

チャリスの丘で神様の声を聞きました

大野　イギリスに行く1週間前に、ばななちゃんのお父さんが亡くなられました。

吉本　うちのお父さん（吉本隆明氏。※5）が死んじゃって、旅行に行くかどうか迷っていました。

大野　彼女の深さは、お父さんを亡くされたばかりなのに、私たちにそれを全然心配させないところです。

吉本　頑張っていたわけじゃないの。旅行中は「イギリス楽しいな」「帰りたくないな」と思っていました。帰ったら現実が待っているじゃないですか。

帰った後がしんどかったんです。帰った後に行った杉田二郎さんのコンサートが最悪でした。杉田二郎さんが悪いわけじゃないんですけど(笑)。父が生きていた頃の懐かしい音楽を聞くのがすごくつらくて。

イギリスにいる間は楽しいことのほうが多くて全く無理していませんでした。もちろん、ガーンとはなってましたけれど。

大野　大変な時でしたね。

吉本　チャリスの丘で、神様の声を聞いたんです。

大野　そこはなだらかな丘陵に造られた本当に美しいイングリッシュガーデンです。

イエス・キリストの血を受けた聖杯を埋めたところから聖なる水が湧き出したという伝説があり、2000年経った今でも、庭園内のチャリスの井戸から少し赤い水が豊かに流れています。鉄分が含まれているのでしょう。私が世界で一番好きな場所かもしれません。

吉本　めちゃめちゃ暴風雨でしたが「絶対ここに神様がいる。私を見てる」とはっきりわかるような本当にいい場所でした。

そこで「神様、どうしてうちのお父さんはあんなに人に尽くしたのに、あのような死に方をしたんですか?」と聞きました。「あんな死に方」と言うほどひどくはありませんでしたが、望んだような亡くなり方ではありませんでした。

神様はさらっと、「お父さんはご自身を大切にされていなかったからです」「他人のことばっかりで、ご自身を後にまわしたからそのまま同じような亡くなり方になったのです」と言われました。

大野　そんなメッセージを受け取られていたのですね。深いです……。

目に見えない世界とつながりやすいのは昔からでしたか?

吉本　みんなができないことを知りませんでした。みんなも私のようにできると思って暮らしてきましたが、そうじゃないと気づいたのは、40歳過ぎてからです。

「え、みんな見えないの?」と驚きました。

大野　私は感じるタイプで、見えるタイプではありません。

吉本　私も感じるタイプです。もう一つの画面がいつも出てきて、そこに映っているものを一生懸命見る。
でも、グラストンベリーの街に入る道の脇の聖霊たちの歓迎は目で見えました。木？　岩？　そうじゃない、たくさん何かがいる、「私たち迎えられてる！」っていう、いい感じでした。

前世で一緒だったダライ・ラマ14世

大野　チベットには行かれたことはありますか？

吉本　ありません。チベットの私たちがいたようなところは、もう残っていないかもしれませんね。でも、ダライ・ラマ14世にお会いした時、「チベットでの前世があった」という話をしたら、すごくわかってるという感じでした。

大野　ダライ・ラマ法王と対談された時、本当に残念でしたが仕事が入っていて行けませんでした。そのあと対談の本『小さないじわるを消すだけで』（幻冬舎刊）を読ませていただきました。

あの時に、ばななちゃんが朗読された「私たちは一人一人が細胞だ」というメッセージは、私が根本的に信じていることなので、すごくわかりやすかったです。

私たちの魂は、「源」あるいは創造主と全く同じエネルギーをもつ、創造主自身の幹細胞ですよね。今私が古神道を通してお伝えしている、「私たちは天之御中主《あめのみなかぬし》の分け御魂《わけみたま》」はまさにこういうことなんです。中心のろうそくの火を、別のろうそくに分けて灯すように、私たちの中には、源と同じ炎が燃えているんです。それをとてもわかりやすく表現してくださっていました。

今から20年ぐらい前に法王が日本に来た時に講演を聞きに行きました。何百人も入る大きな会場だから私の席からはすごく遠かったのですが、涙が止まらなくなってしまいました。

吉本　わかります。

大野　「完璧なる受容」というものを感じたんです。私にとって大きな意識のシフトだったと思います。私、あまり泣くことがないんですけれど、この時は号泣でした。

講演の数年後、ある小さな集まりで法王の隣に座ることができて、20分以上私の膝に手を置いてもらいお話を伺いました。これが私の自慢です。

私は、引き寄せがけっこう得意なんです（笑）。

吉本　あの方は、前世で一緒だった人のことは完璧にわかるのだと思います。

大野　ダライ・ラマ法王は完全に覚醒しています。お会いして懐かしい感じはしましたか？

吉本　お互いの姿は過去世と現世では違うから。でも「わかってる」というのは、すごく伝わりました。

大野　魂は時間に縛られていないので、過去世は、前にお話ししたテレビ局のモニター画面のように、この人生と同時進行しています。過去世は終わってしまっているわけではないんですよね。

そういう意味では、それぞれの過去世は一つの魂の別々の側面です。大きな一つの本体がいろいろな顔をしているだけとも言える。いろいろな転生の自分を統括しているのが、オーバーソウルと言われるものです。

ばななちゃんの魂の本質のキャラは、シャーマニックなエネルギー、どの転生でも、医者でも作家でも靴屋さんをしていても、目に見えない次元とつながりつつ、それを表現していく表現者・クリエイターです。それは今世でも変わりません。

私たちは結局、自分の魂のバイブレーションを別々の肉体を通して表現していくので、どの転生も同じ一つの表現体です。自分の本質キャラを認識することは、誰にとっても最重要だと思います。

吉本　「真面目に頑張らなきゃ」と思って修行に励んで、毎回後悔する。それを繰り返しています。

女性の時は、いつも意外とエンジョイしているんですよ。だから悔いが残りません。イシスの時もそうだし、他にもローマなどであったはずです。無言の修行の時も、最終的には楽しかった。

あと、中国ですごい先生のアシスタントをしていたことがありました。その時もすごく楽しかったです。毎日楽しくってしょうがない、みたいな感じだったらしくて、あんまり悔いが残っていません。男性の時はやっぱり「男だから」「医者にならなきゃ」「職を持たなきゃ」「シュタイナーに沿っていかなきゃ」などと常に思っていたようで、すごく葛藤が多かったというのはわかります。

大野　そして、今回の地球最後の転生は女性！　やっぱりとことん楽しまなくっちゃですね！

そばにいるだけで周りの人が目覚めていく

吉本　今回ダライ・ラマ14世にお会いしたら、今世で前世に関する心のこりで「自分のやるべきことはすべて達成したな」と思って、それからはすごく楽になりました。

大野　やるべきことは、14世に会うことだった？　それは、生まれる前に決めてきたイベントですね。私たちは絶対体験したいことを決めてきているから。

吉本　チベット人だった人は、みんなそれを夢見て転生してきているから。会うと、その前世が成仏しちゃうんです。前世の悔いだとか記憶だとか、そういうものが。

大野　じゃ、私の前世も成仏したから号泣したのかも！　ダライ・ラマ法王の講演で一番心に残っている言葉は「慈悲と利他」でした。他を愛し思いやるということだけ。ただ優しくなること。

14世の前で、「ああ私、このままでいいんだ」と体で深く感じました。

ダライ・ラマ法王のそばにいるだけで、周りは自分自身を受け入れることができる。

法王ご自身から放射される意識の波動に共振するからです。このような意識の場は、お釈迦様も持っていらっしゃいました。ブッダフィールドとか第三フィールドなどと呼ばれています。

お釈迦様が一つの村に行くと、村の人全員がお釈迦様に直接会わなくても、同じ村にいるだけで癒されてしまったと言われています。

吉本 わかりますよね。ダライ・ラマ様を見るとわかります。

大野 魂と肉体が深く交流をして、全体として一つの交響曲を奏でているなら、その音楽はその個人を超えて世界に広がっていきます。意識が拡大している状態ですね。

一方、自分のことしか考えていない場合、自己憐憫にはまったり、過去がこうだったからとか、親のせいだなどと思っていると、その人の意識のフィールドは小さくなって、体の周りに張り付いてしまう。意識の場がタイトな人とふわっと広がっている人は、そばに行けばわかります。

吉本 タイトな人は、そばに行くと息苦しくなってきますよね。

大野 ダライ・ラマ14世もお釈迦様も、その物理的肉体から広がるブッダフィールドが、非常に大きかった。だから講演でお目にかかった時に、私は3階席か2階席か、演台からはるかに遠い席でしたが、そこまで法王のエネルギーが完全に届いていました。真のヒーラーというのは、いるだけでいい。一家に一台みたいな(笑)。存在しているだけでその全体性のフィールドを放射しています。

吉本　そうかもしれない。

大野　放射しているのは光だけではなくて、闇と呼ばれる部分も含めて、すべてを放射しているんだろうなと思います。

真実を探求したいという思い

――チベット時代のお二人の暮らしは？

吉本　あんまり寺から出ませんでした。何かの会がある時だけ。一般の人を招いたりとか、そういう時だけしか外に出なかったんじゃないでしょうか。

大野　チベット時代の私は、自分との葛藤と戦っていた感じですね。「もっと意識を拡大したい」「真実を探求したい、知りたい」、そういう気持ちが強かったように思います。

――魔法使いみたいな域に達しましたか？

大野　チベットではそこまではいっていません。

私が魔法を使っていたのは、ケルトやエジプトのほうです。

チベットでは、もう一つ、とても嫌な過去世をはっきり覚えています。

修行僧だった私は「早く悟りたい」と強く思っていたみたいで、洞窟にこもってずっと瞑想をしているような人生でした。その時も負けず嫌いだったんじゃないかと思います（笑）。

ある盲目の仲間の修行僧がどんどん意識を拡大していくのを目の当たりにして、あせっていたのでしょう。自分の目が見えていることでいろんなものに囚われてしまうのだと思いこみ、浅はかなことに、自分で自分の目を突いてしまった。そういう転生があります。

でも結局、そんなことをしてもよけい葛藤が深まっただけでした。

インドで、街の嫌われ者が電車から落ちてそのショックで覚醒したという物語がありま す。そうしたら、それを聞いた村人たちが、みんな同じ電車に乗って同じところから飛び降りて死んでしまったんですね。それと同じ。

それぞれがユニークな存在だから一人一人の道は全く違うのに。ダイエットも同じ。

人が5kgやせても私には効かない！（笑）

吉本　私もお寺で字を書いていただけです。文章力は高まったと思いますが。記録係だから、修行僧というよりは書記みたいな感じでした。その代わり、大事な内容を書き留めていたから文章力が高まった。そういう記憶があります。

大野　ばななちゃんが、一番印象に残ってる過去世は何ですか？

吉本　私はミラレパ（※6）の本を読むとゲッとなるので、自分が天気を変えたらうっかり人が死んじゃったとか、そういう嫌な経験はすごくあると思います。「村が一個なくなっちゃった。どうしよう」とか「ごめんなさい」。それで、その後の人生を修行に捧げたり、そういう後味の悪い思いはあると思います。でも、天気を変えるぐらいのことは、みんな普通にできたと思いますよ。

大野　今でもしていますか？

吉本　していないです。むしろ逆になるタイプ。「楽しいな」と思うと雨が降ってきたり！

ここぞという時に天気を変える方法

大野　天使に頼むと、天気はけっこう簡単に変わるんですよ。私の場合は、ですけど。狭いエリアのお天気をお願いする時には大天使ミカエルに頼みますが、その時は周りの植物や動物たちに一応許可を得ます。

思い込みといえば思い込みなのかもしれませんが、ＯＫが出たらお願いをします。長時間ではなくて、「どうしても、この時だけはお願いします」と。

２０１８年９月に熊野に行った時にもお願いしました。神倉《かみくら》神社という大きな岩のある神社です。熊野三山の一つ熊野速玉大社《くまのはやたま》の摂社なのですが、巨石フリークの私はどうしてもその神倉神社に登りたかったのです。

けれども、台風がきていて朝から大雨。すごく急な階段をツアーの皆さんと登るには危険を感じました。それでも「行ってみるしかないじゃない」と言って運を天に任せて祈り、「もしよければ私たちに登らせてください」と、熊野権現に真摯にお願いしました。

そうしたらなんと、その時だけ晴れて、登れたんです。

これは聖地巡りなどに行かれた方はよくおっしゃいます。すぐその後に熊野那智大社に行ったら、天から滝が流れるほどの大雨でした。本当に水の浄化でした。その土地や神社に歓迎されている時は、手助けしてくださいますよ。

吉本　行くべき時に行けるようになっていますよね。

私昨日、プリミ恥部（※7）さんの宇宙マッサージに行ったら、体から何かがびゃーっと出ていきました。そうしたら天気は大荒れ、ガラガラピカピカとなって、宇宙マッサージが終わったと同時に雨も止み晴れてきました。

大野　天気のお願いをしたら、「お礼をしたほうがいいですか？」とよく聞かれますが、その時は神様に「ありがとうございます」と言います。古神道の中には、眷属《けんぞく》にお願いするというやり方もありますね。

吉本　間違って担当以外の動物、キツネやタヌキにお願いしちゃっても大丈夫？

へビのところでキツネにお願いしちゃったりするとダメなんですよね？

大野　はっきりわからなければ、「○○神社の眷属様」と言ったほうが無難かも。私はお稲荷さんとご縁があるので、キツネさんにお願いしています。小さなことはすぐに叶いますよ。すぐ叶うといっても、タクシーを呼ぶ時とかですけれど(笑)。

吉本　私は龍神系だから、ヘビのほうがいいのかな。

大野　龍神系ですか？

吉本　そうみたいです。元々アステカのケツァルコアトル（※8）からきているらしいので。

日本の神社でご縁があるのは大神神社です

吉本　私は日本では、大神神社《おおみわじんじゃ》以外になんの縁もありません。お伊勢さんに行っても「あなた誰？」「外国の人でしょう？」という会話を神様と交わします。「赤福ぐらい食べてもいいでしょう」と言って入れてもらいます（笑）。

私は大神神社に行って、一回も雨が降ったことがないんですよ。この間はザーザー降りだったので、「初めて雨がきちゃったよ」と思っていたんです。身近な人が次々亡くなったりしていた時期だったので、そういうものかと思っていたら、途端にピカッと晴れました。

大野　大神神社では神様の声を聞かれたりしていますものね。

あそこの龍は、エネルギーの流れそのものだという感じがします。「動くエネルギーの流れ」はすべて龍だと言えます。

吉本　縁があるのは大神神社だけです。あとはどこの神社に行ってもだいたい無視されて、神様たちにはあんまり好かれません。

神に好かれないとダメなのに。本のコンセプトの真逆を話してしまっている(笑)。

大野　(笑)。

吉本　伊勢白山道《いせはくさんどう》さん(※9)には「ばななさんは卑弥呼のお付きの人という名目だけど、本当は卑弥呼の役をしていた人の生まれ変わり」と言われました。「だから大神神社に縁があるんですよ」と。それはすごく納得しました。

「吉本さんを見ていると、ヘビに翼が生えたやつが見えるから、たぶん南米から来ています。あちらの神様は大神神社にしかおさまっていません。だから、大神神社にご縁があるんでしょうね」

「卑弥呼のお付きの人だと言われていましたが、実は卑弥呼は替え玉で、お付きの人のほうが本物だったのですから、すごい霊力ですよ」とも言われました。

大野　宇宙由来！

吉本　宇宙なのかしら？　とにかく南米のほうの神様と基本的につながっているようなので、日本の神様にはあまり好かれません。嫌われもしないけど。

大野　でも卑弥呼の役割をやっていたのだから、それは完全に日本の神々じゃないですか？

吉本　だと思いたいんですけれど。

大野　それぞれの文化に神界があります。そして各神界では、太陽神は、「ラー」や「ヘーリオス」と呼ばれたり、「天照大御神《あまてらすおおみかみ》」と呼ばれたりしています。意識存在としてはそれぞれ独立していますが、ギリシャ神話や日本神話、マヤ神話などにおけるすべての神々も結局、大もとは一つです。古神道では、これを同根異名《どうこんいみょう》とか、同神異名《どうしんいみょう》と呼びます。

吉本　人間の信仰の基本はね。

大野　同じものの違う側面という先ほどの細胞の話ではありませんが、神様も同じだと思います。

でも、ばななちゃんがアステカ系というのはすごく面白いですね。アステカの文明は、宇宙存在のエネルギーの影響を強く受けているように思うから、宇宙人ＤＮＡが入ってたりして？

吉本　どこか日本にしっくりしない。でもそれはそれでいいですけどね（笑）。ただ、「そうなんだな」と思っています。

神様を大切にして祈りを捧げれば捧げるほど、パワーアップします

大野　私は「銭洗《ぜにあらい》弁財天《べんざいてん》のまわし者か」と言われるぐらい、しょっちゅう銭洗弁財天に行っています。銭洗弁財天は宇賀神《うがじん》といいます。弁天様はもともと水の神様で、宇賀神というのは弁天様の頭の上にヘビが……。

吉本　乗っていますよね。

大野　顔がおじいさんで体がヘビです。結局、弁天様自身も宇賀神さんも、大もとは動く水そのものの波動を持つ龍やヘビのエネルギーと深くかかわっています。

また、お稲荷さんは宇迦之御魂神《うかのみたまのかみ》です。宇賀神というのは、宇迦之御魂神と同一視されています。宇賀神様というのはお稲荷さんともつながっているということですね。

伏見稲荷大社はご神水が有名ですが、お稲荷さんも弁財天様も両方とも水に関係する神

様です。日本神話では龍は水神と呼ばれ、実は全然別のものではなかった。そういう意味では、お稲荷さんも弁天様も親戚同士。

吉本　庶民に降りてきた時に、いろいろな解釈がされていくのかしら。

大野　そうですね。神々自身は、生きている人間のような男性女性の明確な区別はないし、もとのエネルギーが降りてきてから、さまざまな形で受け取られお祀りされてきました。

例えば、インドの神様のエネルギーが日本に伝わってきて変化したり、仏様と神様が一緒に習合したりしながら、現在に至るまでにそれぞれの意識体として変容していったのでしょう。

実は、私たち人間の意識は神様に対しても影響力大なんですよね。何しろ宇宙由来の魂の意識ですから。神様を大切にして祈りを捧げれば捧げるほど、その神様はパワーアップしていきます。

斎場などの聖地ももともと、強い気が流れる龍脈のあるところに建てられてはいるけれど、お参りする人がパワーを与えることによって、さらに聖地化もしていくんです。

ですから、私は神社にお参りする時には、かならず、「弥栄《いやさか》」と唱えて、その神様がますます栄えられますようにとお祈りします。

大神神社は、三輪山《みわやま》そのものをご神体にしていて、縄文よりずっと古い神とのかかわりをそのまま伝えている所。巨石大好きな私は、世界各地に点在している巨石の遺跡は宇宙人との交流に関係するエネルギー場とも見ています。

大国主命《おおくにぬしのみこと》がご自身の幸魂《さきみたま》、奇魂《くしみたま》をお祀りしたという神社の起源は、自身の神聖さ、内なる神を拝礼するという古来の叡智の原型そのものです。三輪山の大地の波動は強烈で、私にとっても「天と大地の大もとのエネルギー」と共鳴できる格別の聖地なんです。

大神神社の摂社である狭井《さい》神社の御神水はヒーリングパワーがすごいし、同じく摂社の市杵島姫《いちきしまひめ》神社や磐座《いわくら》神社も大好き！　そして、参拝後の三輪そうめんも大好き！

宇宙人について／島流しにされた地球人

大野　宇宙由来とか宇宙人とか出てきたので、さらにディープな話を(笑)。ばななちゃんは、昔、「宇宙人を見たことがある」と言っていましたよね。

吉本　あー、見たことあるある。池袋の駅の階段を歩いていました。

大野　えー！

吉本　普通にリュックを背負った男の子なんです。足が変にのびて、階段をビロンビロンと5段くらいずつ上がっていました。「いるんだなぁ。交ざってるんだな」と思っておかしかったなぁ。

大野　「新幹線の中でも宇宙人に会った」と言っていました。

吉本　ありましたっけ？

大野　地上の2億6００万年前からすべての出来事と反応が記録されているデータバンク、アカシックレコードをひもとくと、「宇宙人と人間のハーフというのは実際に生まれてきている。古代インカやレムリアのあたりに来ていた宇宙人は、いまだにずっと生き続けている」とゲリー・ボーネルさんは言っています。

吉本　いると思います。普通に交ざっています。

大野　最近ヒトゲノム解析でＤＮＡを調べると、いろんな人種の人たちが全部共通のＤＮＡを持っていたりするじゃないですか。さっきちらっと言いましたけれど、私、ばななちゃんには絶対宇宙人のＤＮＡが入っていると思います。

吉本　地球人には馴染みづらいところがちょっとありますよね。この間、高城剛《たかしろつよし》さん（※

てきたの。

10）のメールマガジンを見ていたら、私立高校の教頭先生が「実は宇宙人だ」と言って出

その人がいろいろ話すわけですが、面白かったことが二つあります。

一つは、「僕たちは、罪人なんだ」という話。宇宙人で地球人に生まれてきている人は基本的に罪人で、島流しにされたようなもの。そんなに悪いことをしたわけではないけれど、何か革新的なことをして人が死んじゃったり、さまざまな罪を犯していて、「ちょっと地球に行って地球をよくしてきなさい」と言われて来ているのだそうです。

木星と何星かの間でしばらく待機するんだと言っていました。そこで、「あなたは何日生まれの日本」「あなたはアメリカ」と振り分けられるのだとか。

それで、「僕の横に高城さんがいたんですよ。誕生日8月何日か何日でしょう？」と自分の誕生日の前後の日にちを言って、「高城さんと同じ日本に行くんだなと思ったのをすごく覚えてるんです」と言っていました。

実際、その教頭先生は8月何日か生まれで、高城さんは1日違いの日に生まれていました。「僕はよく覚えていますよ。あなたも宇宙人です」と高城さんは言われていました。

大野　え〜！　初めて聞きました。ならば私も島流しにされた？　まあ、うっかりさんな

ので、何かやらかした可能性は十分あるし(笑)。

吉本　その先生の話で面白かったのが、「時間は未来から過去に向かって流れている」というもの。「時間は過去から未来へ流れているとみんなは思っているけれど、それが日本の教育の間違い。例えば小学生が夕方の7時に好きなテレビ番組を見たいと思ったら、そこから遡っての今でしょう。まだ来ていないそこから。未来から時間は流れているということを、本当はみんな覚えているのに、時計がその逆だから。それは教育の弊害だ」と言っていました。面白い先生ですよね。本当に宇宙人だと思いました。

だとしたら私もきっと罪人。発禁文書を書いて、罪人になったんだと思います(笑)。

地球に来て地球をよくしなきゃいけない。

大野　ははは！　どこで何を暴露したんだろう。でも、その先生の時間のとらえ方って面白い！　「意図が現実を創る」という古代の叡智の考え方からすれば、その通りですよ。

未来に置いたヴィジョンが、現実の流れを創り出すのだもの。10年後には何を手に入れていたいか。それじゃ5年後は？　ってだんだんその意図を現在にもってくる現実化の方法があります。小学校で、「時間が未来から過去へと流れているって、一度考えてみましょう」というカリキュラムがあると面白い。

どこかの民族で、人間は後ろ向きに未来に向かって歩いていると信じている人たちがいるそうです。

未来はわからないけど、過去はわかってて、いつも過去をベースに生きてるから。

私はセミナーで、時々「あなたにとっての未来はどっちですか？　指さしてください！」

「じゃあ次に、過去はどっち？」って参加者の方々に問いかけることがあります。

そうしたら本当にさまざま。未来が右、過去が左の人もいれば、前が未来、真後ろが過去とか、斜め上と斜め下だったり……。ほんと、時間のとらえ方って主観なんだなぁと思います。その流れ方も主観だし。

あ！　私たちはお誕生日が隣だから、一緒に待機していたのかも！　でも年が違うか（笑）。私は地球にいる人は、宇宙人だと思っています。先ほども言いましたが魂は宇宙由来で、肉体のほうが地球由来だから。

あと、宇宙人と地球人が結ばれて生まれたハーフの人たち。

吉本　肉体がハーフの人いますよね。いるいる。

大野　ばななちゃんもそうじゃないかと思っています。

吉本　「私は罪人じゃないもん」って信じたい。でもきっと罪人。

大野　私は地球には観光ツアーで来てるって信じてるけどな。まあ、旅先でぼられたりはすることあるけど(笑)。

宇宙人には二つの特徴があります

吉本　明らかに「この人は宇宙人だ」と思えるような人はいますよね。明らかな宇宙人には二つの特徴があって、一つは、変なところで変な動きが出ちゃう人。

大野　抑えがきかなくなる。

吉本　頑張って合わせているけれど、うっかり変な動きをやっちゃう。

あともう一つは、肉体を持っていて全く人間なんだけれど、ちょっとおかしいというか、絶対に違うとしか思えない人。

大野　そこもたぶんハイブリッドなの。肉体のほうが。

体が半分宇宙人で魂も宇宙人という組み合わせもあれば、完全な宇宙人が人間になりきったものもあります。宇宙人で、自由に自分の形態を変えられる人。池袋でビローンと足が伸びた人はこのジャンルかな。

あとは、「ウォークイン」といって、別の魂がすでに生きている人の魂と入れ替わって生き続けるケースもありますね。この場合、魂同士があらかじめ契約しています。よく大きな事故を起こしたあとに、魂が入れ替わるケースがあります。

ウォークインがちゃんと認識されている、あるネイティブの部族があるそうです。新しい魂が途中から入った人は、周りの家族にわかってもらうために、1か月間、後ろむきに歩くそうです。なんせ、食べ物の好みから性格まで激変するから。

ウォークインの中でも完全な宇宙人が、記憶と知識を持ったまま、人間の肉体に途中から宿ることもあります。私の知ってる人の中にも、そういう人がいます。

地球人の体を乗り換えながら、200年以上の記憶を備えています。肉体の死によっても、記憶が全く途切れないし、他の惑星の記憶も100%ある。興味深いです。

吉本　「なりきり」は、レベルが高くないですよね。たぶん調査で来てるから。

大野　科学技術や医療やヒーリングなどのいろんな技術を宇宙人たちが教えてくれているという話よ。空港などで使われているスキャニングの技術も宇宙人から教えてもらったとか。彼らは人類というよりは、地球そのものと地上の生命たちすべてを助けようとしているんだろうな。

吉本　そういう人もいますけど、『THE 4TH KIND（フォース・カインド）』（※11）という映画に出てくるような悪い人もいると思います。宇宙人だって人間と一緒ですから。最悪の場合、捕食目的とか、寄生獣のようなものも。

大野　進撃の巨人。

吉本　ああいうものも当然いると思います。

大野　私はけっこう楽観的で、悪い宇宙人はいないのではないかと思っています(笑)。

吉本　いますよ。百合ちゃんが寄せ付けないだけで、いるんですよ。もし百合ちゃんが低い波動の中で生きていたら、出会うと思います。

私はたまたま池袋駅で見かけただけだけど、あの人は悪い宇宙人ではありませんでした。でもきっと、人を破壊しちゃうモスマンと呼ばれているような宇宙人は、存在しています。

でも、寄せ付けなければ出会わないから。だって、私たちはすごく恐ろしい幽霊に取り憑かれたりはしませんよね。

大野　うん。幽霊は見かけますが、がっつり取り憑かれたりはしません。

吉本　見かけるけれど、そこにコミットしないから、家に連れて帰って家じゅうの電気製品が壊れたり、交通事故にあったりとかはないでしょう。

大野　宇宙人には本当に会わないわ。みんながＵＦＯを見ても、私だけ見られない（笑）。

吉本　私もＵＦＯは見ないタイプです。

大野　だけど1回だけ、夢で小さな宇宙船に乗った宇宙人が来てはっきり、「もうすぐ迎えに行くよ」と言われたことがあります。ピピンという名前の宇宙人でした。身体が数十センチぐらいでおちびさんだったので、ちっとも怖くなかった。状況もなにもわからず、唐突のオファー（笑）。

あ、あと、20年ほど前ですが、おなかの左脇に、直径1センチぐらいの丸い不思議マークをスタンプされたことがあります。白黒の。寝てる間につけられて、朝起きて発見したの。びっくりして、一生懸命シャワーでごしごしこすったのだけど、なかなか落ちなかった。あれは絶対に宇宙人に印をつけられたんだ！　なんのための印か、感じてもどうしてもわからなかったんですけれど。その印目当てに、ピピンが迎えに来ちゃったのかな。

吉本　迎えに来られないでください（笑）。卵子をとられたりしてないかなあ！

人間だっていろんな人種がいるから、宇宙人も同じようにいろいろいるのかなと思います。私の友人に宇宙人がいます。実際、宇宙人によく出会うそうです。

大野　完全に宇宙人？　それともハイブリッド？

吉本　その人はハイブリッドだと思います。考え方も普通の人と違っていて、モラルが全然違う。

大野　そういう人たちが増えてきていますよね。ハイブリッド宇宙人たちも増えてきているのかもしれません。

絶対的な信頼があれば、どんなハードルも越えられる

大野　現代は集合意識が1万3000年ごとに変わっていく真っただ中なので、すごい子どもたちがいろいろ出てきています。

吉本　そんな気がします。次の世代は会社の宴会に行っていっき飲みとかしないなって（笑）。そういうのを強制されて、嫌だけど宴会に行くとか、しない。

大野　自分が興味があることとやしたいことしかしないで、人からどう思われようがあまり気にしないという子どもたちが確かに増えていると思います。

1万3000年ごとに訪れる意識の大変化

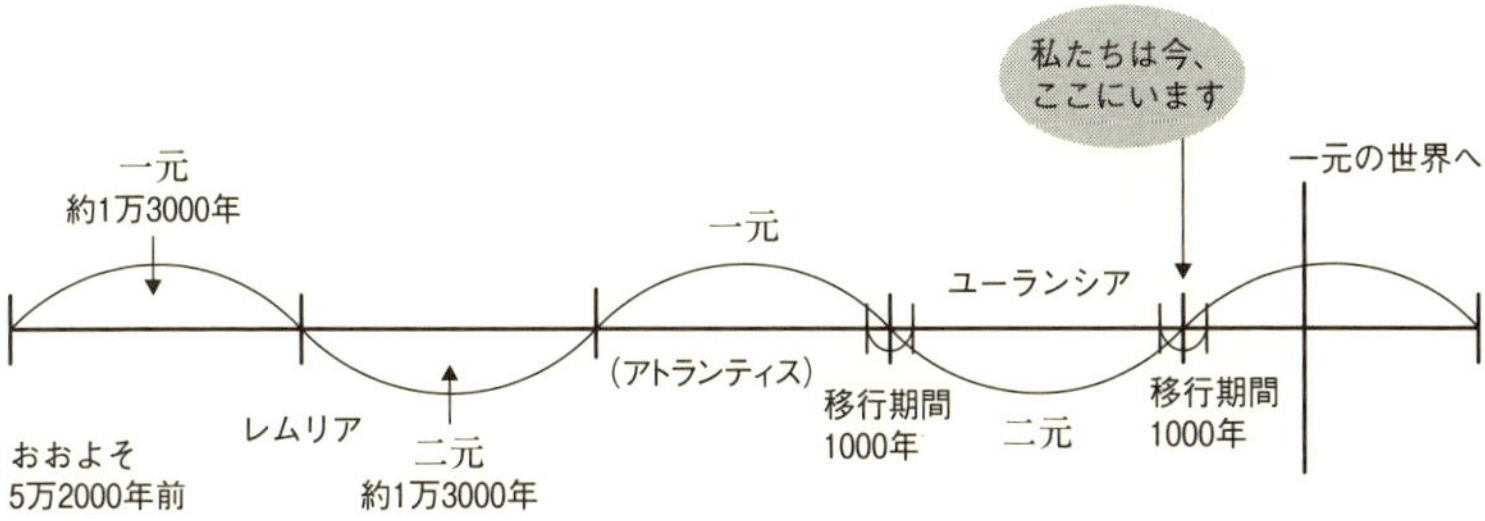

それはコミュニケーションが下手だとレッテルを貼られていますが。
吉本　発達障害とかね。
大野　今の若い子を見ると、「できないということを知らない」という感じがする人たちがいる。
吉本　その人がやるべきことだけをやっているという。
大野　若ければ若いほど新しいバイブレーションの中に生まれてきています。古い世代の大人たちが感じていた、世間がどう思うかとか、世の中の慣習には意に反してでもしたがわなくっちゃ的な葛藤からは自由なのかもしれません。
戦前戦後の変化は言うまでもなく、社会常識などは10年違うともう全然違いますものね。あ、今は加速して1年ごとに違うかも。
吉本　だから社会も変わっていくだろうなと思います。そこはちょっと希望を持っているところです。そういう子たちは人間の愛情で育てると、素晴らしい人類になる。人間の愛情なしで育てちゃうと、無秩序になる可能性がある。
人間が「愛情をもって新しい子どもたちを育てる」というのがすごく大切なことだと思います。

大野　ばななちゃんの子育てに関する言葉で一番印象的だったのは、「どんなことがあっても何が起きても私は息子の味方だ」というものです。それを何のためらいも疑いのかけらもなくスパッと言ったのを聞いて心がガーンとふるえました。

小説『花のベッドでひるねして』の中でも、血がつながっていないのにすごくつながりが深いというモデルがあるでしょう。「本当に人として愛されていたら、グレない」というのが私の持論です。

子育てでいろいろ聞かれることが多いんですが、少々失敗しようが何しようが、「あなたのことが大好き」という心からの思いだけあれば、大丈夫。私も子育てしていた頃を思い出すと、いろいろやらかしましたが(笑)。

吉本　何もしなくても大丈夫ですよね。家事とか世話とかほぼ何もしなくても、そう思っていればちゃんと育ちますよね。

大野　はい！　とりあえずいろいろあっても、存在そのものを100％受け入れる。

誰もが、「人間って孤独だ」と思っています。「私たちは一つ」と言いながら、どこかでやっぱり誰もわかってくれないとか、つながれていないと思っていますから。

それこそ人間関係で、相手の存在を100％受け入れるなら、どんなハードルも越えられるのでしょうが、自分も相手も人間。小さな子どもの時の身近な人との人間関係、特に親との関係が鋳型《いがた》になって、それを繰り返していってしまうんですよね、私たちって。

自分もそうだけれど、相手の人もまた、未熟な親から育てられている。未熟な親は、自分のフラストレーションを、まだ脳が発達していない子どもにぶつけるから、子どもは本当に自分が愛されていると感じることができないまま、大きくなっていくんです。

まあ、母親も疲れ切っている時に、子どもが言うこと聞かなかったり、泣き止まないと八つ当たりしたくなる気持ちもわかりますが……。

カウンセリングをしていて思うのは、「親から愛されていなかった」と感じている人たちが大多数だということです。親の疑いや不安や怒りをそのまま、鵜呑みにして自分のものにしてしまっている。

小さい頃に、本当に愛された体感があると、ベーシックトラストつまり「生物としての基本的な信頼」が生まれるのですが。疑いや不安を持ったまま親になると、結局自分の不安定な感情や疑いをまた子どもに投影して、世代を超えて負の遺産が受け継がれていくんです。現に、子どもを育てる時に、「100％愛している」と言い切れる人が少ないというのは事実ですから。結局、投影してしまうんでしょうね。

吉本　だから、歴史はあまりよくないことも繰り返してしまう。

100%自分を受け入れることは、100%周りを受け入れることになる

大野　ロシアにマトリョーシカというお人形がありますよね。開けても開けても、中からまた同じ形のお人形が出てくる。入れ子構造とか相似《そうじ》象といいますが、ある家系がその次のジェネレーションを生んでいくというのも、一人の親が一人の子を育てるのと同じような関係と言えます。

なので、家系をクリアにするということも、大切なことだと思います。

吉本　一つのクリーニング（※12）の方法というか。

大野　「3代前のおじいちゃんが大変なことになっているから、おじいちゃんのために祈る」ということよりも、その3代前のおじいちゃんのDNAは必ず自分に入っているのだから、自分をクリアにすれば、みんなが報われるわけです。

古代の叡智《ノウィング》では、今の自分が自分を癒すと、7世代後まで影響すると言われています。マトリョーシカ構造の世界のしくみは、「100％自分を受け入れる」ということが、「100％周りを受け入れる」ということになる。

100％受け入れられた時に、自動的にその人の周りの家族も、あるいは時代を超えた家系も報われていく。信頼のエナジーが広がっていくんです。

時間というのは整理をするためのインデックスみたいなもので、過去から未来に流れていたほうがわかりやすいし、みんなと共有しやすいのです。

吉本 自己受容についてはだいたいどの方法を見ても同じことを言っています。ホ・オポノポノ（※12参照）もそうだし、セドナメソッドもそうだし、私が先週ワークショップをやったミユちゃん（※13）の「秘行《ひぎょう》」というものも同じことです。

大野 ばななちゃんが教えたの？

吉本 教えてもらったの。ホ・オポノポノにすごく近いものがあって。徹底的にニュートラルになるまで「自分を外側から見る」というものです。いろんなやり方で自分を見るんです。それで「自分を受容できるじゃないか」というところまで持っていきます。

ミユちゃんは、ご主人との関係がうまくいかなくなった時に、「自分はいったいどういう人間なんだろう」と思って、自分への思い込みを、一つ一つ検証していったそうです。「男の人だったら絶対自分になんか触りたくないだろうな」とか、特定の人から見た自分や、自分が外から思っている自分など、それをイメージに変えるのではなくて、「こうだけどそれがどうした?」と本気で思えるまで持っていく。それまで、何回も何回も見ていく。その秘行の過程で、すごく苦しむ人もいるんだそうです。

私のその行は、40代後半ぐらいでき終わったなと、やってみて思いました。

大野　徹底的な自己観察。「自己を受け入れる」というのが一番のポイントなんでしょうね。

吉本　まず「受け入れないように」と親からある程度育てられていますものね。

その後「自分をすべて受け入れちゃうと大変だよ」とか「生きにくいよ」というメッセージを、あらゆる社会性の中で教わるので。

大野　「親のしつけには何種類かある」と何かで読みました。一つは人間性を教える。もう一つは社会性を教える。その社会性を教えるという部分が一番難しい。

吉本　その家独特の歪みとかも入ってしまいますしね。

大野　何が正しくて何が正しくないかとか、親から教わるわけです。それこそ日本は一夫一婦制だけれど、アラブのどこかの国では一夫多妻制ですし。なんでもないわけです。そういった社会性や社会のルールと自分の魂が本当に共鳴していればいいですが、そうじゃない場合は「そこから出る」ことが必要なんじゃないかしら。

吉本　そうですね。「自分の力で出る」ということが必要かもしれません。

百合ちゃんの次女の桂ちゃんの結婚か結納の時、百合ちゃんがすごい綺麗なワンピースを着てきました。「綺麗でしょう、この布」って。それが袖なしだったんです。

そうしたら、おばあちゃんが「こんな時に袖なしはダメよ」と言ったら、百合ちゃんは「じゃあ、何か羽織っていくから」と言って、全然気にしていませんでした。それを見て、「こういうのが、ちゃんと大人になってるってことなんだな」と思いました。それをよく覚えています。

大野　全く私の記憶にないことを、クリエイターの目で見て覚えていてくれる。

社会意識というのが本当にキーワードだけれど。今でも、まだ「世間様」という言い方をしますか？

吉本　言います。使いますよ。

大野　「様」をつけているのがすごいな。

吉本　日本では「世間様」はけっこう重要な「様」ですから。それをだんだん外していける世代が生まれてきたのはいいですよね。私なんてそもそも、神様から見ても外国人ですから。そこに合わせる意味が全然わからなくて。

大野　やっぱりそれは自分を所有して表現していくドラゴンエナジーですよね。アーサー王もドラゴンですから。

そうだ、もう1回転生してみよう

吉本　この間、私の誕生日の時に、千恵子ちゃんのこえ占い（http://koeurnaichieko.jp/）を友達がプレゼントしてくれて一回無料で見てもらいました。

そうしたら「敏感で嫌なものは絶対に受け付けない」「体が嫌だと言ったことはやらなくていい」「感覚が優れている」「なかなかない体だ」と言われました。

大野　私もそう思います。特に身体感覚。

吉本　「自分の感覚を信じていて。そのままでいいから」とも言われました。

大野　小さい頃から感覚が優れていたのですか？

吉本　私、小さい頃は目が見えなかったので、それは大きいと思います。目が見えないから他の感覚をフル稼働して、それから見えるようになったというのがよかったんじゃないでしょうか。見えなければ、世界を信頼せざるを得ないじゃないですか。

「世界が安全だ」ということを信じられないと、どこにも出かけられません。

そういう意味では、チベットで百合ちゃんが自分の目を突いてしまったのは……。

大野　方向性は合ってたのかも⁉　でも、ずいぶん極端だったなと思います。

吉本　私も修行時はそんな感覚だったと思います。

大野　今思えば、生理学的に証明できるらしいですね。痛めつければ痛めつけるほど、意識を拡大する脳内物質が松果体《しょうかたい》のあたりから出てくるそうです。

吉本　危機感から出てくるんでしょうね。

大野　私なんか、洞窟にこもって修行して目を突いて、それでも、「ああ、まだ神が見えない」とかいう感じだった。

吉本　みんなそういう時代を経て、「もうそういうのはやめよう」と思っての今生がある。

大野　そうそう、やりすぎたから今回はやめようとか、やらなすぎたから今度はやってみようとか…。だから、今生の私は全然修行系ではありませんよ(笑)。

350回も転生しながら、結局ゼロに戻していくのが地球人生。入ってきた時と同じ状態で出ていくのですよね。こう考えてみると実にシンプル！　1万3000年ぶりの意識の大変化のタイミングの波に乗って地球を卒業しちゃう人も多いんですよ。ばななちゃんもそうでしょ。ちなみに私はあと1回転生します。

吉本　私も、もう1回ぐらい転生しようかしら。そんなふうにカジュアルに決めていいのかしら？

大野　いいんです。

吉本　じゃあ、もう1回ぐらいおまけで転生しよう(笑)。

大野　時間というものは、3次元で整理するための目次のようなものなんです。時間は、よく始まりと終わりがつながっている毛糸玉にたとえられます。糸に、一つずつの人生の始まりと終わりの印が付いている感じ。

魂としては、終わった途端に次が始まっているんです。区切りがズレることもあります。人の死は、宿命ではなくその人の人生に対する反応だからです。

つまり、一個ぐらいその区切りが増えたってかまわない！(笑)。

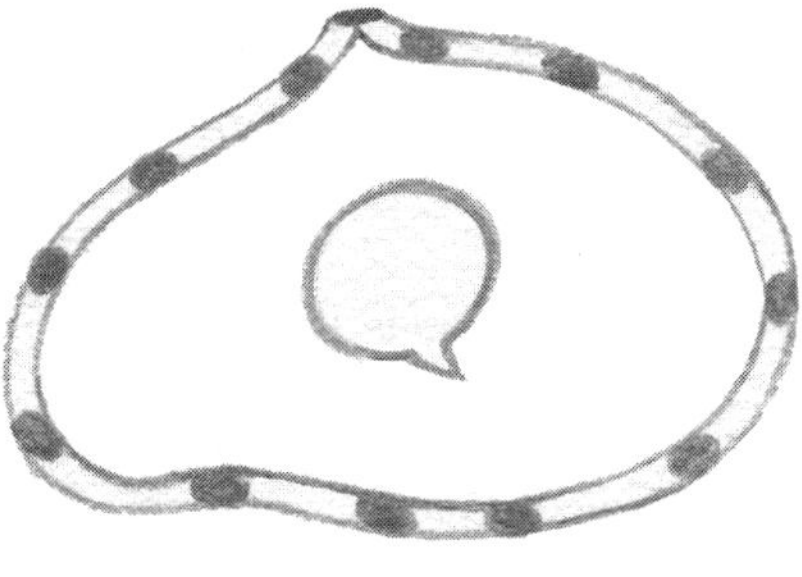

時間は始まりと終わりがつながっている毛糸玉のよう。
わかりやすく結び目が描かれているが、両端はシンプルにつながっている。
黒のラインの間がひとつの転生

私は好奇心から地球に生まれてきたので、将来、女性と男性のどちらにも分類されないnon genderのボディを絶対に体験したいと思っています。だからもう一度来ようと思っています。

吉本　じゃあ、私ももう1回来よう。

大野　ぜひご一緒に。

吉本　non genderで出会いましょう。

大野　同じソウルグループだから、出会えます。

吉本　カラオケ屋のように「15分延長お願いします」(笑)。

大野　いいですね。「延長どうしますか?」みたいな。やっぱりnon genderは見てみたいですよね。

吉本　そうですよね。

大野　あと、自由自在に姿を変えられるシェイプシフターもだんだんできてくるらしいです。アカシックレコードには「あと2回、突然変異が人間の体には起きる」と書かれています。

吉本　DNAの変化?

大野　そうですね。人間のＤＮＡは12本あって、私たちは2本しか動いていませんが、今はどんどん変化していて、3本のＤＮＡの人が出てきているといいますから。

吉本　この恐ろしく不安定な気候に適応するためにも、人間の体が徐々に変わっていくのは自然なことですからね。

※1　**ゲリー・ボーネル**　神秘家、心理学者、哲学博士、催眠療法家、企業コンサルタント。幼少時から体外離脱の能力を持ち、1958年からアカシックレコードにアクセスできるようになる。50年以上、形而上学、西洋と東洋の神秘主義、アカシックレコード、古代の叡智、思考の現実化のプロセス、トランスパーソナル心理学などについて研鑽を積む。

※2　**サンディー Sandii**　フラスタジオ「Sandii's HULA Studio」で指導にあたるクムフラ（「フラの教師」の意）。2005年にフラ・カルチャーを伝道する最高位である「ウニキ・クム・フラ」の称号をハワイの先人たちから授かる。日本のシンガーでもある。

※3　**ウィリアム・レーネン**　世界的なサイキックチャネラー。米国生まれ。日本では過去世回帰のスペシャリストとしても知られる。全米をはじめ、世界のテレビ、ラジオ、教会、企業、大学などでその比類なき才能を発揮し、多くの人々により高い意識への覚醒と癒しの機会を提供し導いている。

※4　**ロナルド・バード**　1959－2016年。経済誌『フォーブス』で紹介されたことがある世界的霊能者。ニューヨークの著名な霊媒師・透視能力者で「サイキックの女王」と呼ばれたヨラーナ・バードの次男。

※5　**吉本隆明**　1924－2012年。思想家、文芸評論家。「戦後思想界の巨人」と呼ばれ、日本人の生き方に多大な影響を与えた。

※6　**ミラレパ**　1052－1135年。チベットの有名な仏教修行者、聖者、宗教詩人。チベット仏教四大宗派の一つカギュ派の宗祖。偉大なヨーガ行者でもある。

※7　**プリミ恥部**　白井剛史《たけし》。1975年静岡県生まれ。宇宙LOVEアーティスト・歌手。作家・ダンサー・演出家。

※8　**ケツァルコアトル**　南米アステカ神話の文化神・農耕神。羽毛のはえた蛇で、竜を思わせる姿をしている。

※9　**伊勢白山道**　ノンフィクション作家。人類を覚醒させる道を探求した数多くの書籍を出している。精神世界サイトにおけるブログが強く支持されている。

※10　**高城剛**　1964年葛飾柴又生まれ。日大藝術学部在学中に「東京国際ビデオビエンナーレ」グランプリ受賞後、メディアを超えて横断的に活動。総務省情報通信審議会専門委員など公職を歴任。2008年より、拠点を欧州へ移し活動。現在、コミュニケーション戦略と次世代テクノロジーを専門に、創造産業全般にわたって活躍。

※11　**『THE 4TH KIND（フォース・カインド）』**　2009年公開の宇宙人による誘拐をテーマにしたアメリカ映画。2000年10月にアラスカ州で実際に起きたという設定。

※12　**クリーニング**　ハワイに伝わるホ・オポノポノにおける過去の記憶の浄化方法。ホ・オポノポノは、あらゆる問題が解決できる奇跡の秘法とも言われている。

※13　**ミユ**　イタリア在住。「秘行」とは自分の中にある思い込みを見つけ、客観視し、感情・視点・気づき・体感の変化を眺めて感じる独自のメソッド。自身の波乱万丈な人生をつづったブログ「自伝」が話題になる。

第2章

魔法使い——よい流れを自分に引き寄せたり、流れに乗ること

ばななちゃんは魔法使い

大野　ばななちゃんは魔法使いです。

「魔法ってなんだろう?」と思いますが、「目に見えない、あるいは目に見えるエネルギーを自由に動かせる人」が、魔法使いではないでしょうか。

ばななちゃんにお会いしていると、どう考えても魔法使いにしか見えないことがあるんです(笑)。

吉本　本当ですか?　自覚していませんでした。

大野　そうですか。でも、けっこう魔法の話を小説にも書いていませんか?

吉本　書くのは簡単ですから(笑)。

大野　「その人の中にないものは表れない」というのが私の持論です。私は過去世退行のセラピーをやっていて、クライアントさんに過去世に入ってもらうと、「これは私の想像ですよね?」とおっしゃる方がいます。

吉本　わかります、そう言いたくなる気持ち。私も過去世退行を経験した時にそう思いました。

大野　でも、意識の中にないものは、たとえイマジネーションでも出てきません。そういう方に私はよく「あなたが過去世を作っちゃったっていいんです」と言っています。

その人の意識の中にないものは出てきませんから。

第1章でも言いましたが、神秘学では、現在・過去・未来というのは、マクロの視点において同時に存在しています。未来も過去も現在もたたみ込まれているという意味で、サイエンスフィクションはその作家さんの過去の記憶だろうと解釈します。

ばななちゃんがあれだけの物語を紡ぎ出せるのは、意識の中にあるからだと思います。ないものは出てこないから。

吉本　そうなのかしら。

大野　そうですよ！　ばななちゃんは魔法使いの自覚はほんとにないんですか？

吉本　魔法……。うーん、ないですね。自由にエネルギーを動かす……。

大野　魔女というよりは、魔法使いです。

吉本　魔女というよりは……。なんだかわかる気がします。

大野　過去世で男性だった時にいっぱい魔法を使っていたかも(笑)。

吉本　そうですね。

大野　特にイギリスに行った時に、そう思いました。

吉本　何かに自分の力で手を加えるというのが、あんまり好きではないので。そういう魔女、魔法というよりも、イタズラレベルぐらいがいいかなと思います。

大野　流れそのものを自分に引き寄せたりとか、流れに乗っていくということは、すなわち魔法なんです。

吉本　それは、ある程度できるかもしれません。よく言われる「引き寄せ」も、結局無理な力がかかるから、そのぶんどこかに歪みが出てしまう。

大野　昔から引き寄せをするための儀式などが伝わっています。祈りとともに言霊に乗せてものやことを引き寄せるのは、無理がかかってる感じがありますか?

吉本　よく私がたとえに出す話があります。とある国でフライドチキン系のチェーン店をやっている人で、「どうしても成功したい。そのためには何でもする」と宣言して、悪魔と契約をしてしまった人がいるらしいのです。

その人は確かに大成功したけれど、息子さんがみんな亡くなってしまったといいます。

これは極端な例ですが、意図的な望みを強く掲げてそれを叶えるというのは、バランスが悪いというか……。

大野　おっしゃることは、よくわかります。

吉本　そういう魔法ではなくて、もう少し自然なものなら、すごく理解できます。

私のハワイアンネームはカハナアロハ「愛の魔法」です

吉本　今ちょっと休んでいますが、私のフラの先生（Sandiiさん、P91参照）は、サイキックです。その先生が私に「ハワイアンネームをあげる」と言ってくださいました。

ハワイアンネームは、日舞の名取のように7年やって上納金を納めたからもらえるというものではなくて、先生に降りてこないと授けられないものなんです。

大野　生徒さんたちに準備ができた時に、きっと名前が降りてくるんでしょうね。

吉本　フラの上手い下手に関わりなく、名前が必要だと思った人には降りてくるらしい。

私の名前は「カハナアロハ」です。「愛の魔法」という意味なんです。

大野　素敵ですね。

吉本　そういう意味では、魔法使いとも関係あるかも。

大野　ハワイのエネルギーラインにつながると降りてくるの？

吉本　それはありますよね。ハワイの上からのつながり。

大野　ハワイの霊というのは、ハワイの女神たち、有名な女神はペレですけれど、そういう存在たちのことですか？

吉本　そういうものも受けているのかも。

大野　日本神界があるように、ギリシャ神界があるように、ハワイにもそういうのがあるんですね。

吉本　あるみたいです。そこにアクセスできない人は、習いたくてもフラダンスをなかなか習えないとか。すごく厳しい世界です。

大野　バイブレーションと言わずに古代の叡智では「ハーモニクス」という言葉を使いますが、共鳴波動《ハーモニクス》が合わないと、なかなかご縁が持てない。

吉本　フラを習っていても、いつのまにか習えなくなっちゃったり、行きたくてもどうしてもハワイに行けないとか。

大野　わかる気がします。それは、それまでのその人の旅路に関係するかもしれませんね。

私は、ハワイには今まで2度行きました。ハワイのシャーマニズムはレムリアという古い時代の流れを汲んでいて、ご縁を感じます。

先ほどの、悪魔と契約を結ぶようなことは、純粋なハートの望みというよりは、葛藤がけっこう入ってますね。人を押しのけてでも成功したいというエゴからの欲求からきているのでは？　本人は深いところでは、「こんなことやっちゃいけない」と知っている感じ。

吉本　あと物質的な。恋愛でもそうかもしれませんが、「手段を選ばずに欲しい」みたいなのは……。

大野　奪う愛ですね。

吉本　そんな気持ちが入っていると、ブラックマジックになってしまいますよね。

大野　「祝福と呪いは同じ」という。意図でエネルギーを動かすメカニズムは同じです。

「寂しさ」と「自分を好きでない」こと。この二つが揃うといつでも悪魔につながれる

大野　神道に大祓詞《おおはらえのことば》という祝詞があります。それに、「たかまのはらにかむづまります……」とあるんです。神様からの命（みこともち）という言葉があって、これは「使命」とか「ミッション」などという意味です。

ニニギノミコトはおばあちゃんの天照大御神から使命を受けて「豊葦原水穂国を安国と平けく知し食せ（とよあしはらのみづほのくにをやすくにとたひらけくしろしめせ）」、すなわち、「ちゃんと平定してきなさいよ」と言われました。ミッションを受けたわけです。

神道的な考え方を生徒さんに説明すると、「私のみこともちは何でしょう?」「私の人生の使命は何でしょう?」「神様からのみこともちを探したい」と言う方がいらっしゃいます。それは、天からの呼びかけという意味の「CALLING」や「天職」などと同じようなものです。

「天職」という言葉には「天」という字が入りますね。シャーマニズムにせよ、アニミズ

ムにせよ、神道にせよ皆、「あなたの内側に神様がいますよ」という考え方です。

たぶん「みこともち」という言葉は、あなた自身が本当にやりたいこととイコールなんだと思います。ハートの部分から出てきたビジョンや望みというものは、流れに乗ってやりたいことや面白いことを追いかけていくと、いつのまにか無理をせずとも現実化していく。それが本来の引き寄せなのではないでしょうか。

吉本　悪魔だって、決して「私は悪魔ですよ」と言っては来ませんから。

大野　悪魔が来た、みたいな経験ありますか？

吉本　割とよくあります。

大野　わっ！　ぜひ聞かせてください(笑)。

吉本　「みんな、道の途中だな」「そんなこともあるんだろうな」みたいな。

大野　ばななちゃん自身が体験しているというよりは、「悪魔に魅入られちゃった人」をよく見るということ？

吉本　そういうのもありますね。「悪魔だよ」と言っては来ませんが、パリのスリみたいにハンチングかぶってグレーのジャンパーを着て近寄ってくるみたいな、わかりやすさはあるかも。パリのスリって、「お前、スリだろう」みたいな雰囲気を、全身から出していますよね。

大野　にじみ出てしまう(笑)。

吉本　悪魔とつながっているような人は、男性ならモテるし、女性でもすごく綺麗な感じです。何とつながるかというのは好みですから、私は悪魔とつながっている人がいても否定はしません。力に憧れるということは悪いことではないと思うので。

でも、自分が親しくしたいかどうかは別ですね。その人が悪魔っぽいものとつながっているなぁと思っても、「あなたは悪魔とつながっています」とは言いません。そういう人はたくさんいると思うし、基本的に、人間って本当に寂しいものです。

力に憧れるのは人間の性というか常なのかもしれません。だから尊重します。

大野　人間はみんな孤独を感じています。

吉本　あとは「自分を本当には好きではない」ということ。その二つの要素が揃っている限りは、いつでもそういったものとつながれるし、つながってしまったから悪いということはなくて。

大野　それもまた経験ですし。

吉本　そういう選択をする自由さえも、人間には許されているのだと思います。その人の自由を尊重したいんです。
　だから私は、「いいな」と思って放っておく。「すごい」と言って帰る。かといって私が善かというとそうでもなく。私も邪悪な人間だと言われることがあります。

大野　そうなんですか？

吉本　ありますよ。反対側の人から見たら、私なんて超邪悪なんだと思います。流派が違うだけで。

大野　流派が違うというのはいいですね。

吉本　そうそう。でも、みんなが何か同じところを目指している。

大野　そうですよね。先ほどおっしゃった、「みんな寂しいと思っているし、みんな自分を好きじゃない」というのは、本当にそうだと思います。

吉本　この二つがほとんどの根底にあると思います。悪とつながってしまうとか、悪じゃないものとつながりたい気持ちだとかほとんどの。

自分の欠けている部分を相手に求めても、結局、似た者同士が引き寄せあう

大野　だから愛のエネルギーに触れることはとても大事なことです。例えば、20秒ハグすると元気になりますが、ハグができない人はマッサージを受けるだけでもいい。体に触れられる、他の人の体の温もりに触れるだけで、寂しいというエネルギーが少しずつ溶けていきます。それがたとえ、束の間のものであっても。

ただ、快楽というのかな、瞬間的に、とりあえず今だけなんとか忘れたい的な、逃げるような形でやっていくと、温もりがなくなったあとに余計ガクッと落ちてしまうような気がします。

吉本　それはそうですよね。日本人はあまり人に触れない。それもちょっと怖いなと思います。

マッサージであっても、自分が「欲しい、欲しい」という気持ちで受けていたら、「あげる、あげる。その代わりこうしてね」という、「もっとうち来て」とか、「具合良くなら

ないで」という人に当たる可能性が高くなりますよね。

大野　確かに。自分が満たされていない部分を相手からもらおうと求めると、依存しあう関係を作ってしまうことになりますから。ヒーラーと患者の共依存関係。

吉本　それは法則です。

大野　似た者同士が引き寄せあう。

吉本　われ鍋にとじ蓋みたいな。なんでもいいから人に触ってほしいし、その人に対する思いやりなんて持っていない状態で行くと、相手もそういう人が来てしまう。

大野　子どもの時に「私じゃダメだ」と思ってしまったり、大人になっても自分のイメージが、「丸じゃなくて欠けている三日月形」だと思っていたら、やっぱり恋愛する時に、欠けている人を引き寄せて、結局、中が空洞な二人になってしまう。

吉本　「自分は丸じゃない」と思っているから、相手に何かを求めて、それでも満たされなくて、となっていく。

大野　「欠けている部分を、この人なら埋めてくれるだろう」と思っても、似た者同士が引きあうから、相手も欠けている。

吉本　ドメスティックバイオレンスを受けている人が「この人には私がいなきゃ」になる

のと同じですよね。

大野　だいたいそういう人は、子ども時代に「暴力＝愛」みたいに勘違いしていることが多いかな。

吉本　大人になって家を出てからもつらいことを選ぶ自由さえあるので、人間ってすごく自由だなと思います。

ただそれは、「自分がその現実を作っている」という前提のもとにですけれど。百合ちゃんの言うように、その人の意識の中にないものは出てきませんから。自分の世界にあるものが、自分の周りに現れてきます。

大野　自分が欠けていると思ったら、膨らませていけばいいんです。相手に自分の足りない部分を求めるのではなくて、「自分がだんだん膨らんでいくイメージ」を持つ。すべては結局はセルフヒーリングですもの。

吉本　「膨らんでいく」というのは、どういう意味ですか？

大野　心理学でいう「偽物のセルフイメージ」、自分に対する誤解を解いていくことです。三日月形が、自分だと思い込んでしまっているけれど、本当は全体像はまんまるな自分だとまずは知性で理解します。その上でまんまるな自分のエネルギーを体感していくと、意

自分が欠けていると思ったら、
まんまるな自分へと膨らませていけばいい

識も自然に三日月から満月へと膨らんでいきます。

それには、やはり頭と体、顕在意識と潜在意識が仲良くならないと難しいので、瞑想や、頭と体をつなげる方法を実践するのが一番の近道です。

それから、ヨガや禅、気功など心身を一つにするあらゆる方法の中で、一番活躍しているのが呼吸法ですよね。「誰かに空っぽを埋めてほしい」という三日月に小さく縮こまっている自分を感じたら、まず肺いっぱいに、フレッシュな生命エネルギーの元の空気を腹から吸い込んでみてください。

リラックスして脳波がゆったりとしてくると、潜在意識の思い込みがふとわかったり、魂からの導きの気づきが降りてきます。

これを古神道では、遊んでいる魂を丹田に降ろす「鎮魂《ちんこん》の行」といいます。

古代の神道の考え方の「私たちの中に神様がいるんです！」という気持ちになるのも膨らます近道です。創造主・神様と寸分違わない炎が内側に燃えていることを知って、ともかく信じてみる。

修験でも唱えられている六根清浄《ろっこんしょうじょう》の祝詞は「天照大御神の宣《のりたま》はく」で始まっています。この祝詞で、セルフジャッジして「自分自身を傷めることは、内側にいる私を傷つけることよ」と天照大御神がおっしゃっているんです。神道にかぎらず、古今東西、瞑想法など、三日月を膨らませる方法は山ほどあるので、ピンとくるものをただやるっきゃない。ミユさんの秘行（P93参照）も、一つのアプローチですよね。

自分は全体でまんまるだということを、結局は体感するしかないんだと思います。瞑想や呼吸法を通してだけでなく、夢中で何かに没頭している時、心の底から嬉しかったり、大笑いしたり、自然と一体になる感じがした時に、全体の神聖な自分をまるごと実感できるのではないでしょうか。スポーツ選手は「ゾーンに入る」と言っているけれど、本当に魂と肉体が一つになった時って、逆に「ああ、これが自分なんだ」って頭には浮かばないかもしれませんね。

体が感じる情報に従っていれば間違いない

大野　ばななちゃんは「大自然と一つになる」感覚はありますか？

吉本　本当の大自然の中に入ったことがあるかどうかは微妙ですが、自然じゃないものに対する違和感は、感じやすいと思います。
違和感を突き詰めていくと、自分と一体じゃないとか、自然と一体じゃないというような状況。強いて言えば、悪に近いという感覚は、肉体的にすごく感じるように思います。

大野 悪に近いという感覚?

吉本 何か引っかかる、圧という感じでしょうか。

「説明して」と言われても、「圧がある」としか言いようがなくて。

5~6年前にハワイに行った時に、泳ぎに誘われたのですが、なんだかどうしても入りたくなかった。その前の週には沖縄で泳いだし、海に入れば美しい魚がいることはわかっているのに、「なんでだろう?」「なんか入りたくない」ということがありました。

大野 場のエネルギーに違和感を覚えたとか。

吉本 すごく申しあげにくいのですが、そして後からよく考えてみたのですが、その頃って東日本大震災後に潮の流れで、その瓦礫がちょうどハワイに流れついたりしていた時です。霊的なものを恐れたのか、それとも放射能的なものを恐れたのか、自分の体が何を恐れたのかは解明できませんが。「ああ、だから入りたくなかったんだ」とすごく納得しました。

地球ってつながっているから、そういうこともあるでしょう。

大野　そうでしょうね。

吉本　ちょうどその頃、ハワイに物理的に流れついてきてしまう。それで、「今日、海に入ろう」と言われても生理的に入れない。頭で考えてはいないんだけれど。

大野　その感覚、すごいなあ。

吉本　海に入るというのは、ある意味遊びであって、鎮魂ではありません。もちろん、「遊び＝鎮魂」なのかもしれませんが、体が「違うな」と思ったんだと。自分はそのことを意識していないけれど、体はそう思ったんだと思います。

大野　いろいろなことがあとになってわかる、あとになってつじつまが合うことがありますね。そういうことを積み重ねていくと、「体が感じる情報」に従っていれば間違いがない。最も信頼できる情報になるんでしょうね。

吉本　信頼するというか、おばさんになってくると、より一層無理がきかなくなってくるので、「無理なものは無理」みたいな。それだけです。

大野　古代の叡智《ノウィング》で伝えていることですが、私たちの体は90日先までの情報はすべて感知できます。「もう無理」みたいな感覚に自分自身が慣れ親しんでくれば、それこそ、正しい時に正しい場所にいられるようになります。

吉本 カルマという言い方を使うなら、無駄なカルマを作らないような気がします。

大野 違う言い方をすれば、流れに乗る。「ちょっとここは滞っているからやめておこう」。ばななちゃんのその感覚は、私が「魔法使いだ」という所以《ゆえん》です。

吉本 自分にしか応用がきかないのは、「魔法使い」と呼べないような気もしますが。

大野 私たちの意識はネットワークですべてつながっていますから、ご自分用にカスタマイズした魔法も、ネットワークで漏れ出しちゃう。それは使いたい人が使える情報になります。

ただ、人のために、それがたとえ肉体を持っていない存在でも、何かしてあげたいと思った時には、気をつけなくてはなりません。相手の人自身の思いとは関係なく、自分の「こうなればいいはず」を押し付ける危険性があるから。

吉本 圧をかけちゃいますよね。それこそね。

大野 「相手に最適なことが起きますように」と意図していても、特に関係性が近しくなればなるほど、「こうすればいいのに」と思ってしまいます。

大いなる潮流、生命の潮流みたいなものに、邪魔をしないし無理をしないというところでつながっていけるといいのですが。

三脈の乱れで危険を察知する方法

吉本　体は三脈で24時間以内のことをわかっているそうです。三脈がズレたら、24時間以内に何かが起こるって。

大野　私たちのボディの素晴らしい叡智ですね。三脈のことは、曹洞宗の老師の藤田一《いっ》照《しょう》さんに教えてもらったことがあります。三脈がズレると、危険が迫っていて、本当に生命が危ない場合、最終的にはみぞおちが硬くなってしまうそうです。

吉本　「みぞおちが硬くなったら3日以内に死ぬ」と言いますよね。硬い点ができると。

大野　地震が起きた時に、その瞬間、三脈を触った人も多かったとか。三脈とは首の頸動脈（左右）と右手首の動脈の3か所の脈を一緒にとることです。三脈は通常は必ず一致します。ところが危険や災害が迫っていると、乱れ打ちしてきます。

吉本　24時間は大丈夫だそうです。

大野　えっ？　たった24時間なんですか。もっとずっと長期なのかと。

吉本　一生はダメです。飛行機に乗る前に、ちゃんとやってください。

大野　藤田さんの知り合いの方でハイジャックにあった人がいて、人質と犯人が同じ機内に何時間も一緒にいたそうです。その時自分のみぞおちを触ったら、柔らかかった。それで「自分は死なない」ということを確信したそうです。

その方は、犯人の通訳をやって、すごく穏やかな顔をして写真に写っていました。その記事を見た人たちから「どうしてそんなに穏やかだったんですか？」と不思議がられたそうです。みぞおちは何かのツボなのでしょうか？

吉本　亡くなる3日ぐらい前に、ここに硬い点ができると聞いたことがあります。

大野　その方は、みぞおちが柔らかいかどうかをチェックして平気だったから、「完全に安心してました」と。

吉本　三脈について、私は最初、さくらももこちゃんから聞きました。当時の旦那さんと外出する時に三脈をとったらズレていて出かけないってことにしたけど、またズレていたそうです。「じゃあ、こっちに行こう」とかいろいろやったら戻ったんですって。

それで、何がどうだったのかはよくわからないんですが、「三脈がズレない方向に行ったら、普通に生きていたからよかった」みたいな話でした。

大野　三脈って意外と見つけにくいですね。

吉本　慣れるとピシッといきます。

大野　いつもやっていますか？

吉本　忘れてしまって、飛行機に乗ってからやったり。「あれ、もう乗っちゃってる。でも、ちょっと安心したい」と思って測ることがあります。

大野　もし乗ってからズレてるのがわかったら怖い！　問題は、三脈がズレていた時ですね。飛行機に乗る前にズレているのがわかったら、フライトをキャンセルするかどうか……。

吉本　でも死ぬのに比べたら。野生の勘がすごく優れた友達がいて、スマトラ沖地震でタイに津波が来た時……。

大野　22万人以上が亡くなった津波ですね。

吉本　あの時あの場所にいた友人がいるんです。一人旅で友達のところに行って、「よし、今から海に行こう」と海に行こうとしたら、その時急に「でも、今日は山かな」と思ったんですって。それで山に行ったら助かった。海に行っていたら完全にアウトだったらしい。

大野　すごいな。そういう人っていますね。やはり体はサバイバルのプロフェッショナルだから。

吉本　特に脈をとらなくても、「今日は山かな、やっぱり」と思える。そういう感覚を無視しないようにしないと。

大野　その方は、嘘のない人生を送っていらっしゃったんでしょうね。

吉本　秘密は多い方ですけれどね。

大野　そうなんですか(笑)。でも、その秘密に対して葛藤がないのでは。

吉本　ないでしょうね。

江戸時代は三脈を確かめるのが習慣でした

吉本　甲野善紀《こうのよしのり》先生（※1）が三脈についてメルマガでお考えを発表してましたよ。

大野　シンクロニシティですね。

吉本　（メルマガを読み上げる）船が沈没する前に船からネズミがいなくなるという話は

有名だが……。太平洋戦争の開戦時、82隻あった日本海軍の駆逐艦は、終戦時「雪風」一隻を残してすべて沈没したり航行不能になったが、この「雪風」にはネズミが非常に多く住み着いていた。スマトラ大地震の時はゾウが山に向かった。

大野　そうそう。山に向かいました。

吉本　私の経験から言うと、喉の左右の脈がズレたことはありません。喉と手首の脈がズレたことは、3回ありました。

最初の経験は、ちょっとした用事で出かけようとしたら、なぜか気が乗らない。出かける支度をして着替えたけれど、そこで脈を確かめたらズレている。少し時間をおいて確かめてもズレている。それで出かけるのをやめにして家にいる格好に戻ったら、脈はすぐに治まりました。

もう一つは、10年ぐらい前のことです。タクシーに乗っていて、何か気になって脈をとると、ズレている。そこでいつものルートとは変更してもらったら、10秒もしないうちに乱れ打ちは治まりました。

江戸時代は三脈を確かめるのが習慣になっていたそうです。

大野　これからは三脈をとっていかないと。とる練習をしなきゃ。

吉本　戦時中も、防空壕に入って、「ここはダメだ」って出たら、そこが焼けちゃったとか。そういう話がいっぱいあります。

大野　他にわかる方法ないですものね。

吉本　特に、そんな命がけの時は心も乱れていますし、なかなかわかりませんよね。

大野　ボディの情報収集力はすごいですね。そうやってここまで生き延びてきたんですから。カメレオンだったら体の色を変える能力がありますが、それがない代わりに、人間は思考を発達させてきた。でもそれが本来の自分を表現できなくする、邪魔をしてしまうという点が、皮肉といえば皮肉です。

吉本　本当ですね。

大野　ゲリー・ボーネルさん（P91参照）がインドに通っていた時に、列車に乗って北インドに行こうとしたことがあります。インドの列車はすごく混みますが、運よく一等車の指定が取れたそうです。でも、2日前から熱が出始めて、体が下痢と発熱でどうしようもなくなって、行きたかったのに結局キャンセル。そうしたら、その列車が大きな事故を起こして、一等車の人が全員亡くなりました。

体の知性が知っていたのですね。本能的なボディに「自分の命に問題がある時は必ず教えてくれ」と伝えておくといいんだそうです。

吉本　『アンブレイカブル』（※2）という映画のように、こっちが助かったらこっちがぐちゃぐちゃになるみたいな。なるほど。体に言っておけばいいのね。

大野　そう。体くんに言っておけばいいんです。ばななちゃんの小説の主人公は身体感覚が発達している人が多いから、応用しているキャラが多いと思います。

やっぱり、体の声って大事ですよね。

吉本　「頭でああだこうだ考えたことって、たいしたことないな」といつも思います。

大野　本当にそう思います。これからのテーマは「これからどうなるだろう」と不安にまき込まれるのではなく「起きていることは魂の選択」だと信頼すること。

そして無理せず、自分の心と体をごまかしたり嘘をついたりしないで、そこも信頼すること。「真心《まごころ》」と「信頼」がキーワードだと心から思います。

「真心」とは自分自身の本当の気持ちのことです。

魔法の扉は半分眠っていて、半分起きている時に開きます

大野 ばななちゃんの落ち込み対処法について聞きたいな。あまり落ち込まない？

吉本 落ち込みますよ、もちろん。

大野 魔法の扉や不思議の扉は、半分眠っていて半分起きている時に開くんですよね。うたた寝している時やまどろんでいる時です。

そういえば、以前ばななちゃんから、バクのお人形をもらったことがありました。

吉本 「怖い夢を見る」とおっしゃっていたのでプレゼントしました。

大野 昔はそれこそ、テストで答案が真っ白だとか、舞台に立っているんだけどセリフを覚えていないとか、そういう類の夢を割と見ていました。でも、バクちゃんを枕元に置いてからは、金縛りがなくなりました。

吉本 よかった。

大野 私、子どもの頃からよく金縛りにあっていて、一番つらかったのは、無間地獄みたいな中に入ってしまうこと。

吉本　すごく嫌ですね。

大野　金縛りが解けて、やっと目覚めたと思ったら、それもまた夢で……。どうやっても夢から醒めないというのが1時間ぐらい続くの。

吉本　1時間というのは、現実の時間ですか？

大野　現実の時間の中で1時間。何度も何度も金縛り状態から出よう出ようとして、やっと出られるまでに1時間かかったことがあります。そういうのは、なくなりました。

バクちゃんは今でも枕元にいます。今日連れてこようと思ったのに、忘れちゃった。

吉本　サイパンに行った時、今までで一番すごい夢を見ました。自分が兵隊さんで泥水の迷路の中を這っていくんだけれど、最終的に殺されて、また迷路の頭に戻っているという。「いつまでたっても死なないんだな」という夢を見て、「これは完全にマジだな」と思って目が覚めたら、部屋がガヤガヤしていました。人と人の影が重なっていて。透明なのに濃くなる。わかります？

大野　わかります。

吉本　すごくガヤガヤしていて、「嫌だな」と思いました。そういう時は何をしたらいいんでしょうか？

大野　音祓《おとばら》いといって、パンパンと柏手を打つといいですよ。

吉本　あのレベルになると、パン、パン、ぐらいではいなくならないような気がします。「日本人なのにサイパンに来たのが悪かった。皆さん安らかに……」と思いました(笑)。「軽い気持ちでサイパンなんて来て、ごめんなさい」と思って。

大野　それじゃ、寝られないでしょう?

吉本　寝ても、どうせそんな夢に戻っちゃうし。それで、38度5分ぐらいの熱が出ました。体温を測って「やばい」と思って。寝て起きたら治っていましたが。

大野　火打石とかはどうでしょう。霊を祓うのに、火はいいんですよね。

吉本　でも最近は、セキュリティがうるさいから。火の出るものを持って飛行機には乗れません。

大野　火打石は大丈夫じゃない?

吉本　ものすごく面倒なことになります。夫は、ヒモトレの紐で入国審査に15分ぐらい引っかかっていましたよ。「なんだ、この紐は?」と。

大野　浄化グッズとかは?

吉本　あるとないとでは、大違いだと思います。整えておいて夜を迎えるのがいいんじゃないでしょうか。サイパンでは完全に油断しました。
　これはつい最近の台湾でのことなのですが、「もう3泊目だから出ないだろう」と思っていたら、幽霊ホテルでした。

大野　知ってて泊まったの？

吉本　いいえ。ネットで見たら「幽霊ホテル」と書いてありました。

大野　出てきた幽霊の話を聞いてあげたりしますか？

吉本　そんなに親切じゃありません。かわいそうな話であっても、聞いてあげない。「そんなこと言われても」って。

大野　そっか。

吉本　あと、案外、ビジネスホテルって怖いんですよね。うまく言えませんが。

大野　「怨念がおんねん」みたいな感じ？

吉本　「怨念がおんねん」です(笑)。やっぱり、楽しい気持ちでビジネスホテルに泊まる人は少ないでしょうし。しょうがないとか、つらいという気持ちが多いからなのかもしれません。

大野　リゾート気分でビジネスホテルに泊まるというのはないものね(笑)。

吉本　「楽しい！」「明日も楽しみ」みたいな人は、あまり泊まらないでしょう。
あと、ビジネスホテルには、犯罪系の人も泊まりますよね。

大野　ええ。

吉本　そう思うと、何かの念や気のようなものが残っているかもしれない。だからなのかな、ビジネスホテルってたまに「うわっ」と思うところがあります。

大野　そうなんだ。私は幽霊ホテルとか古いクラシカルなホテルでは、感じることがあるけれど、ビジネスホテルに泊まる時はすぐ寝てしまいます(笑)。

吉本　たいがいは大丈夫だと思いますが、気がよいか悪いかで言うと、大きいホテルより、ビジネスホテルのほうが悪いところは多いような気がします。

大野　確かにそうかもしれません。究極、経費を削っているからか、ゆとりとおもてなしの温かみのエネルギーがないから。

吉本　「魔が差す」ということもあるかもしれません。

大野　魔が差す場所とか、時とか、瞬間があるかもしれませんね。

吉本　ストレスがこもるのかしら。

大野　イギリスのグラストンベリーに行った時に、ああいう聖地とか聖域の周りには、淀むものがあるなぁと思いました。

吉本　だからお伊勢さんとか大神神社とかは、それを俗で包むんですね。「食べる、飲む、打つ、買う」があって、よくできているなと思います。

大野　「買う」ですか（笑）。

吉本　庶民的な屋台やお店があって、色街もあったり、逆にみんなのわいわいした活気で追い払ってしまう。そういうがやがや系の庶民的な横丁みたいなものがない神社の周りは、暗くてこもっていてかなり怖いですよ。

大野　確かにそうかもしれません。2度目にグラストンベリーに行った時は聖地から少し離れたところにある、かつて修道院だったホテルに泊まりました。そうしたら、そこでものすごい金縛りにあってしまいました。

吉本　金縛り、怖いですよね。

大野　ガーゴイル（怪物）みたいなものに、カプッて右手を噛まれました。

吉本　あら、噛まれちゃった。

大野　天使のような男の人が3人出てきて、「その傷を癒してあげよう」と言って、その傷をペロペロ舐め始めたんです。そうしたらすぐに彼らは天使から魔物にへんし〜んして、また金縛りに襲われるというすごく恐ろしい目にあいました。
その時ガーゴイルに噛まれた傷が、まだ残っているんですよ。ほらここです。

宇宙人に「どういう気持ちなんですか?」と聞いてみたいです

吉本 私の知人に、宇宙人に頭を割られたことがある人がいます。夢の中で宇宙人に頭を割られて、「痛い」と起きたら、本当に頭が切れていて出血がひどくてすぐに病院に行ったそうです。

大野 お医者さんに「宇宙人に割られました」なんて言えませんね(笑)。

吉本 「寝て、起きたらこうなっていた」とか言ったんじゃないかしら。

大野 血が出るぐらいというのは、すごいですね。夢というのは、ある意味魂が体から出ている状態です。夢の次元と3次元を行ったり来たりできる人は、体の感覚が完全にあるから、肉体にも残っちゃうんでしょうね。

吉本 その人はたぶん、宇宙人だと思います。

大野　頭を割られた本人が？

吉本　はい。宇宙人にキャベツを差し出されたりしているから。

大野　え？

吉本　見た目も人間とかけ離れているし、人間じゃないみたい。

代々木上原に住んでいた時に、トイレから出るといつも緑色の小さい宇宙人が、「あの……キャベツもらってください」って現れたそうです。

大野　やだ、可愛い。

吉本　「キャベツはけっこうです」って言うと、「はぁ……」って消えちゃうそうです。

大野　キャベツごと消えちゃうの？

吉本　そうです。「1回もらってみたら？」と言ったんだけれど、「やっぱり、なんか欲しくないと思うんだよね」と言っていました。

大野　宇宙人からもらったキャベツを食べたら、どうなるんでしょう(笑)。黄泉《よみ》の国のものを食べたらもう戻れないとか、よく神話にありますね。

吉本　その人は、いつもそういう形で宇宙人と接触してるようです。

すごく綺麗な女の人で、たまに「今日は股の付け根におじさんが取り憑いてて、歩くと蹴躓《けつまず》くのよ」って言うんですよ。

大野 どんな職業の方？

吉本 ダンサーです。そして、「そのおじさんが止めてくれるおかげで、割とうまく踊れるの」と言っていました。

大野 いろんな人生がありますね（笑）。私は宇宙人にはあんまりご縁がなくて、すごく憧れています。

吉本 私も、宇宙人に一度でいいから会ってみたいです。

大野 ばななちゃんはすでに会っていますよ。

吉本 キャベツをもらうとかではなくて、ちゃんとお話をして、「どういう気持ちなんですか？」とか聞いてみたいです。あと何を聞きたいだろう。

大野 地球の暮らしはどうですか？

吉本 2ちゃんねるみたいに聞きたいです。

2ちゃんねるに「未来から来た人」というスレッドがあって。「ドコモはまだあるけど、ソフトバンクは合併した」みたいな具体的な情報があって面白いです（笑）。

大野 「株価はどうですか？」も聞きたい（笑）。

吉本　そんなふうに宇宙人と話してみたいです。どういう目的で地球に来て、何を求めているのか？　とか。地球を救いたいのか、嫌いなのか、裁きたいのか、そんなことを聞いてみたいですね。

大野　考えてみたら、地球だって宇宙の中の一つの星ですものね。

吉本　そうなんですよ。だから地球に人間がいるということは、他の星にもいるだろうと思います。

大野　今、いろんな本を書かれている、クンルンネイゴン（※3）のＫａｎ．さん（※4）が……。

吉本　あの人も面白いですよね。消えちゃうんだものね。

大野　初めてアンドロメダ星人に会った時に、その宇宙人がテレビ番組を見ていたと。

吉本　「家に帰ったら、自分の家でテレビを見てた」と言っていましたよね。困りますよね。泥棒じゃないですか。

大野　なんか、『ダウンタウンのガキの使いやあらへんで!!』を見ていたって。

吉本　ガキの使い、人気だね。さすがだな。

大野　「松本のほうが面白い」が最初の一言だって。

吉本　（笑）。浜ちゃん、かわいそう。でも、すごい説得力がある。

大野　「感性同じだ」と思って。

吉本　ダウンタウン、すごい。宇宙的な規模の人気なんですね（笑）。

大野　私も宇宙人と話してみたいな。

吉本　ＵＦＯを見たいとは思わないんですよ。だけど、宇宙人がどういう気持ちで私たちを見ているのか、「こんなに遅れた文明でどうするの？」「それぐらいのこともできないの？」と思っているのか。それとも、もしかしたら応援してくれていて、「こういうことを教えてあげるよ」と思っているのか。そう地球に友好的ではない星の人もいるのか。

そういうことを知りたいと思っています。

宇宙人は友好的？

吉本　宇宙人って友好的じゃないのかしら？　友好的じゃないとしたら、いったいどうしたらいいんだろうと、いつもそのことを考えますね。

大野　友好的だと信じたいですね。

吉本　私たちの好きなキアヌ・リーブスが出ている映画『地球が静止する日』（※5）みたいに、向こうから見たら「本当にちゃんちゃらおかしいね」みたいなものなのかもしれません。

大野　地球人をやっつけようと思ったら、一瞬にしてできると思う。それだけ文明が発達しているなら、「瞬間的に人間を消したりするくらい平気だろう」と思ってしまうのです。だから私は友好的かニュートラルなんじゃないかな、という感じがします。

吉本　私もほとんどはそうだと思います。じゃあ、あえて人間を消さないでいるということは、何か意義を感じてくださっているということなんでしょうか。

大野　宇宙の仲間と思ってくれている。そう思いたいです。

吉本　応援してくれている宇宙人のほうが、きっと多いですよね。私もそう思うようにします。

大野　『奇跡のリンゴ』の木村秋則さん（※6）の話を伺ったことがあります。

木村さんがＵＦＯにアブダクションされた時に隣にいた女の人が、テレビに出て全く同じ話をしていたから、「あれはやっぱり本当だったんだ」と思ったそうです。

吉本　「金髪の人だったなぁ」と、普通の話しぶりで言っていましたね。

大野　そうですね。

吉本　自分と同じようにさらわれた人が隣にいて、その女の人は白人で金髪の人だった。あとでテレビを見たら、その人がさらわれた話をしていたという。

大野　その内容が自分の体験と全く同じだった。確か、寝室の窓から連れ去られたんですよね。戻ってくる時も窓から入ったって(笑)。

吉本　やっぱり物理的に肉体として出ていったということなんですよね。

興味深いけれど、さらわれたりするのは嫌ですね。

大野　木村さんは「リンゴの作り方を宇宙人に教えてもらったわけじゃない」と言っていました。

吉本　農家の勘みたいなもの？

大野　逆に、宇宙人のほうが木村さんから情報を得たんじゃないかと。

吉本　何を？

大野　奇跡のリンゴの作り方を(笑)。

吉本　じゃあ、よかったですね。単なる農業研修だったんだ。

大野　マヤ遺跡の宇宙船のレリーフとか、南米にも宇宙の存在たちが来ていたんじゃないかという証拠がいっぱいありますね。あと、ＵＦＯの基地が湖の底にあると言われていて、洞爺湖がそうらしいです。

吉本　マリモとか、どうなっちゃうんでしょう(笑)。あ、あれは阿寒湖か。間違えました。

大野　洞爺湖の周りの人たちは、「ＵＦＯはもう見飽きた」と言っているそうです。

吉本　昨日読んだ本に、「ミステリーサークルはいろいろ教えてくれている」「幾何学を読み解けばミステリーサークルに書いてあることは解読できる」と書いてありました。

サリンか鳥インフルエンザの解毒方法を最近現れたミステリーサークルが語っていて、それを解読したとか。

大野　それが本当だったら、すごいことですね。鳥インフルが人間に感染すると一番危ないそうです。どうせだったら、ミステリーサークルを通してではなく、話して教えてくれればいいのにね。「キャベツいりませんか？」ではありませんが、「鳥インフルの解決策を教えます」とストレートに言ってほしいな。

吉本　そうですよね。

大野　私の師匠のゲリー・ボーネルさん（Ｐ91参照）が言っていましたが、政府の高官の人たちは、完璧にエイリアンの人たちと交流しているそうです。

吉本　そのことは私たちに明かされないだけで、普通に行われているというのはよく聞きます。

夢の中で「白くて大きな美しい存在」が現れて、助けてくれることがあります

大野　ばななちゃんが「いつも守られている」と感じる時はどんな時ですか？

吉本　親に対してはたまに感じます。

大野　ご両親？

吉本　両親というか、父だけですね。母は今でも生前と同じく姉で手いっぱいだと思います（笑）。

大野　助けてくれるという感じですか？

吉本　あんまり具体的には感じませんが……。「こういうおじいさんがついている」と昔

からいろんな人に言われました。それは私のおじいちゃんだろうと思っていましたが、ウィリアム・レーネンさん（P91参照）が「おじいちゃんのお父さん。ひいおじいさんだろう」と言っていました。

「その人は、商売とか世の中を動かすことにすごく興味があった。でもそれがうまくいかなくなったから、孫であるあなたにすごく気持ちを託しているよ」と言われました。

それは、納得いくところがありました。私の家族で商売っ気が少しだけですがまだあるのは、私だけなんです。どこから来たのかな？　と思ってました。

大野　「先祖は自分だ」という言い方もあります。自身を通しておじいちゃんが表現しているところもあるかもしれません。

吉本　あと、たまに金髪の人たち、「白くて大きな美しい存在」が夢の中で現れて、その人たちが助けてくれることがあります。

大野　目に見えない存在で「エル」というのがいますね。声はしますか？

吉本　しません。

大野　目に見えない存在たちからのメッセージというのは、なぜか知らないけど右から来ます。例外なくだいたい右側なんです。

吉本　夢の中で、いつもあの人たちは右上から来ます。

大野　右の上って、視覚情報ですね。

吉本　見えないからいるのかな。見えるためにはそこに位置しなきゃダメなのかも。すごく綺麗な金髪の人たちが3人ぐらいいます。

大野　天使とかそういう感じですか？

吉本　羽根はありません。そして、背が高い。あの方たちは私が夢の中で危機に陥ると、必ず助けに来てくれます。だからまあ、大丈夫かと思っています。

大野　呼べばいいのね。

吉本　呼んだから来るというわけでもありませんが。それに、助けてくれるといっても、大したことはしてくれない。

大野　そうなんだ(笑)。悪夢の時に来てくれるの？

吉本　体外離脱して、なんだか帰れなくなりそうな時とか。そんな時その人たちは、なぜか眉毛がハの字。困った顔をしています。

大野　光っているの？

吉本　光ってはいませんが、白い。白い服を着ていて目はブルー。

大野　目がブルーというのはよく聞く話です。なんででしょうね。

吉本　縄文土器の土偶みたいな人でもいいのにな。なぜか、すごく綺麗な人たちが助けてくれます。

大野　私の教えているノウイングスクールでは、「自分のアバター（導く存在）を選んでください」ということをします。「1年間はそのアバターさんと仲良くコミュニケーションをとりましょう」と。つながりを深めるんです。

吉本　いいですね。やってみたい。

大野　生徒さんたちは「私のアバターって、誰かしら」とすごく悩んでいました。自分のアバターは、基本、地球を守るマスターたち。やはりご縁のある存在ですね。

イエス・キリストや空海、観音やラーなどたくさんいらっしゃいます。

吉本　どうやって仲良くするんですか？

大野　呼ぶと来てくれるんですよ。そしてお話をします。脳波が普通の状態の時は「観音様！」と呼んでも、なかなか来てくれませんが、半分起きて半分寝ているような状態になるとコミュニケーションがとれます。

吉本　お話しできるといいですよね。

大野　しょっちゅうお話ししたり感謝をしていると、普段の生活の中で「こんな感じ」という情報が降りてきます。
吉本　ふうん。
大野　「最低でも1年間は、同じアバターとつながりましょう」とお伝えしています。
吉本　アバターは途中でチェンジできますか？
大野　1年は我慢です。1年たったら新しいアバターを呼ぶとか。
　いつのまにかアバターが代わっていましたという人もいます。その人の意識の状態、バイブレーションが変わるのかなと思います。
吉本　例えばバシャール（※7）は、ダリル・アンカさん（※8）のアバターなんですか？
大野　バシャールはエササニ星の存在で、アバターというより対等なパートナーですね。
吉本　リアルタイムで存在している。
大野　菩薩のような存在がアバターです。アバターは地球生まれの魂で14万4000人います。この世界は入れ子構造になっていて、すべてが相似形です。
　私たちの体に経絡《けいらく》という目に見えない気のエネルギーのネットワークがありますが、地球も同じ。12個のロゴスと呼ばれる魂が、地球をエネルギーのネットワークで包んだので

自分のアバター（導く存在）とつながりを深める

す。そのネットワークの網の交点が14万4000個あります。

ちょうど、私たちの体も、魂が肉体に宿った瞬間、魂の14万4000個の細胞が、均等に広がっていったように。交点は体ではエネルギーの出入り口、ツボと呼ばれていますね。つまり地球にもツボがあるんです。

「エル」という神の存在

吉本　さっき百合ちゃんが言った「エル」というのは何ですか?
大野　「エル」というのは、古代に地球に来ていた外からの存在です。エイリアンです。
吉本　じゃあ、やっぱり外からの情報なのね。
大野　世界中に巨人伝説がありますね。ああいう存在たちは地球外の存在で、「エル」と呼ばれています。彼らもまた「神」と呼ばれるようになりました。
吉本　イメージの中の。
大野　光っているし、背も高いし、力があって神々《こうごう》しいから。

宇宙人ではないけれど大天使のミカエルやガブリエルなど、みんな「エル」がついているのは、その辺と関係があるのかもしれません。

吉本　なるほど。

大野　いろいろな神話にも巨人伝説がありますね。ギリシャ神話のタイタンとか、聖書のネフィリムとか。背が高いのもエルの存在たちと関係がある。光の存在と程遠い感じの巨人伝説もあるけど。

吉本　高い感じするな。あの感じは。遠くても背が高いなってわかるから。

大野　日本にも「ダイダラボッチ（巨人）伝説」があります。

吉本　あんまりスマートな感じがしませんね。世田谷区代田の地名の由来は「ダイダラボッチ」らしいですよ。近所！

大野　違う種類の星から来たのかしらん。

吉本　私の知り合いのNさんは宇宙人なのかしら。だってNさんのおじいちゃん、あんまり大きいから、近隣から人がお弁当持って見に来たそうです。

大野　異世界の人たちは私たちの身近にいるんですよ。

吉本　いそうな気もしますよね。

いつも朝起こしてくれた金髪碧眼の「エルドン」

吉本　私、今思い出したんですが、小さい頃に、「朝起こしてくれるだけの人」がいました。やっぱり金髪碧眼のすごく背の高い感じの人でしたから、同じ人なのかもしれませんね。その人に名前を聞いたら「エルドン」と名乗ったんですよ。

大野　えーっ⁉　でも、「ドン」っていうのがわからない（笑）。「西郷《せご》どん」みたい（笑）。

吉本　その頃ちょうど読んだ漫画の中に「エルドン」という人がいたから、その人から勝手に私の頭が作ったんだと思っていました。

大野　すごいな、それ。

吉本　私が子ども心で捏造《ねつぞう》したんだと思っていたんですよ。

エルドンは「明日の朝6時に起こして」と言うと、「朝だよ」って必ず起こしてくれました。

大野　「7時」って言ったら、7時に起こしてくれる？

吉本　そうそう。「エルドン、明日7時に起こして」と、「オッケーGoogle」みたいな感じで頼むと、本当に起こしてくれました。

大野　異次元アラーム存在！

吉本　そう思うと、ずっと私にはその人がいたのかもしれないですね。百合子セラピーによって、今、私の見えない力の応援団が明らかになりました。

大野　エルドンは応援団ですね。

吉本　朝起こしてくれるだけで、他には何の役にも立っていないと思っていましたが、守ってくれているのかもしれません。

大野　ばななちゃんの夢って、すごい。

吉本　前に夢の中で、スピードがあるから車に乗っていると思ったら、実は空を飛んでいた。お腹から紐が出ていて、その紐の先が暗い中に消えているんです。「やばい。これが切れたら死ぬんだ」と思って、「早く帰りたい」と思った時のことだったような気がします。

大野　その時にも、エルドンが助けてくれたかもしれない。

吉本　エルドン＋2名いました。

大野　三つに分身の術？

吉本　いや、女、女、男、だった気がします。

大野　はっきりしてるのね。

吉本　よく会いますから。宇宙マッサージを受けていても、たまに来てくれます。エルドンをもっと大事にしよう。1年間は大事にします。普段は意識していなかったので、申し訳ないことをしているかもしれません。

大野　「ありがとう」と言ったら、エルドンがもっと友達を連れてきてくれるかもしれませんよ。

吉本　今のところ、まだ2名ですが(笑)、応援団がいるとわかってよかったです。

願いや豊かさを現実化する四つのステップ

大野　見えない存在たちが私たちにはぎっしりいると思っています。この面白い時代に肉体を持っている人間というものは、貴重な覗き穴ですから。

吉本　見えない存在からすれば「こんなにいろんなバリエーションが味わえるなんて、すごい」と思っているでしょうね。

大野　『日本の神様カード』（ヴィジョナリー・カンパニー）で監修者だった三橋健《みつはしたけし》先生が、「神様は体を持っていらっしゃらないから、何かをしたい時、私たち人間に頼るしかないんですよ」とおっしゃっていました。

吉本　そうですよね。きっと見ていますよね。

大野　神様も私たちを絶対に「助けたい」と思っているはずです。だけど、私たちの願いや望みが「真心から」か「そうではない」かという点で左右されます。

結局は魂と肉体が一つにダンスをすれば何でも叶うのですが。

願いや豊かさを現実化するステップがあります。まずは「浄化」です。それは、外側の浄化と内側の浄化で、外側の浄化とは、環境を整える。断捨離やお掃除ですね。もちろん、身体そのものをきれいにすることはこちらに入ります。

内側の浄化は、感情や考え方を浄化する。さっきの、三日月形の自分じゃないけれど、心の戦争を祓うことです。

2番目は「何が欲しいか」を明確にする。欲しいものがわからなかったら、現実化もできません。エネルギーの流れ先、ビジョンを明確にすることです。私たちは、いらないものはけっこうはっきりしていても、欲しいものはあいまいなことがよくあります。
3番目は、いい加減なヘラヘラした状態ではいけないので「真摯さ、誠実さ」を持つ。真剣に現実化をしたいと意図すること。
4番目は「信頼して、それに対して疑わないこと」。宇宙に指令を出したんだったら、必ず投げたボールは戻ってくる。そう信頼することです。
最後は、一番難しいと言われている「受け取ること」です。

吉本 受け取りたいな。

大野 この四つがクリアになれば、豊かさは自然にやってきます。

吉本 確かに、何かブロックがあるのはわかります。

大野 大切なのは、真の豊かさは「自分にとって何か」です。

吉本 そうですよね。

「受け取る」ということ

吉本　この間ヨーロッパに行った時、さすがに体がきついから「フライト時間が長い場合はビジネスクラスに乗りたいな」というリクエストを宇宙に出したところ、単に外国に行く機会が減りました(笑)。

大野　ははは(笑)。

吉本　「あれ？　そういうことじゃなかったんだけど」と思いました。

大野　本当にビジネスクラスに乗りたいとは思っていなかったかもしれません。

吉本　そうかもしれません。ビジネスクラスがすごく好きだということはないかも。あの棺桶みたいな壁がある感じが今一つです。

でも、「ビジネスクラスで行ってもいいなら、海外へ行きます」にしたら、無駄に海外に行く機会が極端に減りました。

大野　現実化してますね！

吉本　そうですよね。私も「それでいいんだな」と思って、受けとめています。今心から受けとめていますよ。

大野　そうですよ。ビジネスクラスに乗ると体が楽ですね。現実的に物質的に豊かであるということは、体も楽ということです。

吉本　そういうことって、ありますよね。素材のいい洋服を着たら体が楽とか、必ずあります。

大野　すべての解決策ではありませんが、物質の豊かさで「かなりの健康とかバランスは、手に入るんだな」と思います。

吉本　そうですよね。高級ホテルみたいなところは、どうしてもロビーに行く時にきちんと靴を履かないといけないから、あんまり好きじゃないんです。

そういうのは望んでいませんが、あまりに安い宿に泊まるとダニとかがいて、体に悪いじゃないですか。「それだったら行かないよ」と宇宙に言っています。

一方で、そういうのが大好物な人というのもいて、人の価値観はいろんなことに影響するんだと最近思います。

大野　本当にそう。「何を大事にしているか」がすべてに影響します。

吉本　例えば、「ホテルを安くあげて、そのぶん○○しようよ」みたいな人もいます。

海外旅行へ行く時は、その前の価値観のすり合わせからすでに始まっている。

大野　結局は価値観。

吉本　一緒に旅行できるかとか、できないかとか。

大野　ありますね。

吉本　リクエストというのは一つ出したことによって、行き渡って影響が起きるから。それを受け取ったり、受け取ったものを自分が望んだものだと自覚するというのは、とても大切ですね。

卑近なたとえではありますが「ビジネスクラスじゃなかったら、ヨーロッパには行かない」「アメリカにもなるべく行かない」と思っていると、実際に仕事が減るわけです。でも、「面白いから2000円の宿に泊まろうよ」と言う、合わない友達も減っていきます。かといって、「私たちはファースト5つ星の世界だけを移動しています」という人とも合わなくなってくる。バリエーションはなくなるけれども、自分の望みは叶っていきます。

大野　それ、よくわかります。

吉本　そういうことを含めて、「受け取る」ということなんだなと、最近よくわかってきました。

大野　リクエストに合ったものが結局は手に入るということでは、やっぱり自分の波動が決定要素ですから、同じ波動を引き寄せる。だから、自分自身をちゃんと知ることが大事なんですね。

今意識できていなくても、生きている私たち全員が、実は自分が無意識にリクエストしたものを、今、受け取っているっていうことですから。

豊かさのシンボル――人生で何を大事にしているか

大野　周りで、自分にとっての「豊かさのシンボル」を決めて、それを一種のエネルギーのお守りみたいにして、豊かさを引き寄せようとしている人たちがいます。例えば、ブランドのバッグとか、非常に質のよい靴とかです。大好きな宝石の指輪かもしれません。

私の友人でも、エルメスを実際に持っているだけで、あるいは見るだけで芯から豊かな気持ちになれるから、どんどんお金の流れが豊かになっていったと言っている人がいます。こういう方法もありかなと思います。

豊かさのシンボルはちょっと自分にとっては高いなと思っても、思い切って買ってしまうのも手。そのバイブレーションが心地よいなら、心も豊かさを感じるし、だんだん自分自身が「豊かさ波動」になじんできます。自分にはこれがふさわしいという感覚になってくると、同じような品質が心地よいと思う人たちとご縁ができたりして、大変いい感じだと聞きます。

でも、そういうシンボルも「お金がないから私は買えない」と思うと、「欠乏」の結果になってしまう。豊かさというのは「欠乏の逆」ではないから、欠乏を引き寄せないようにしないと。

吉本　わかる気がします。

大野　実践している方を見ていると、確かにそうなんです。

「自分は本当に価値がある」「欠乏ではなく、無限の豊かさというものが宇宙から降りてくるんだ」と心から信じているから、そうなるわけです。

吉本　そうですよね。

大野　ただ、私はブランドのバッグが欲しいわけではないので、では「自分にとってのエルメスにあたるものは何だろう」と思うわけです。

私にとっては、家の中でくつろいだ時にイングリッシュガーデンがあって、元気な植物やおしゃれな窓枠がある、それが今の自分にとって、豊かさのシンボルなんだという気がしています。

吉本　それはすぐできるじゃないですか。あっという間に実現できます。百合ちゃんのおうち、ほぼそんな感じ！　お庭も素敵だし。

大野　理想のお庭は造れるだろうなと思います。そこにいると本当に豊かになってきて、それに付随したいろいろなものがどんどん流れ込んでくる気がします。ばななちゃんにとっては何だと思いますか？　そういうのをそれぞれ感じてみると……。

吉本　現代人はかなり洗脳がかかっていますから、すぐに、エルメスとかドレスとかになっちゃって、「待てよ、これって本当の自分の望みじゃないぞ」ということがいっぱいありそうです。本当の自分の快適とか、望みとか。私は、やっぱり「快・不快」で言うところの「快」ですね。不快な思いをしたくないに尽きます。

大野　それは、本当に体が知っていることですものね。

吉本　はい。

大野　そうすると、「快」というものが環境であれ、食べ物であれ、着るものであれ、すべて「快」。

吉本　自分にとっての「快」。

大野　明確ですね。

吉本　例えば、蒸し暑い台湾で汗だくになって屋台に行くのは、楽しくて、全く不快ではありません。逆に「これからホテルに帰って、シャワーを浴びよう」と思いながら、人混みを楽しんでいる状態ですから。でも、誤解を恐れずに言うと、中途半端に混んでいる中途半端な味の飲食店にいると、不快を感じて「出よう」と思います。

大野　自分自身の「快・不快」って本質ですよね。

吉本　強制されて不快に行きたくないという気持ちは、すごく強いです。

大野　誰しもの一番奥にある部分。

吉本　そうですよね。例えば「パークハイアットの一番上のカフェにビーチサンダルと短パンでは行けない」みたいなことが、現実ありますから。

私はそこをそんなに好きなわけではありませんが、例えばですよ、自分の服装によって「常にそういうところに行ける状態であろう」と現実をついてこさせることはできますよね。

大野　そうですね。

吉本　また、「短パンでは行けないようなところには、一生行きたくない」と思うことが

「快」の人もいます。

大野　逆にそれが好きな人もいます。

吉本　「景色なんかよくなくていいから、気楽な服装でいたい」という人もいますから。

大野　自分が人生において何を大事にしているか。そこなんでしょうね。

吉本　それが反映される。

「豊かになりたいけどお金が入ってこない」という人の過去世は、お坊さんか清貧を好む人が多いです

吉本　私のお友達の家のテレビが異様に大きくて、その部屋に入ると、圧倒されちゃいます。その人は絵を描くから、キャンバスに一番適した大きさに、どうしても合わせてしまうそうなのです。

大野　１００号とか(笑)。

吉本　自分にとって一番描きやすかった大きさ以下の画面を、画面とは思えないと聞いて

なるほどと思いました。その人にとって大事なのは、リビングとテレビの大きさの比率ではなく、画面の大きさなんだというのがわかりました。

大野　それが、その人にとっての豊かさの感覚。

吉本　人によっては、エルメスのバッグだったり、靴だったり、それぞれ違うでしょうが、必ず自分の周りに現れていることのような気がします。

大野　細部にもその人の今の価値観というものが、必ず表現されていますね。

吉本　表現されたものを見て、その人を判断する人も必ず存在します。ちょうど合う感じで人も寄ってきます。

大野　やっぱり似た者同士が引き寄せあう。

吉本　そういうことですよね。

大野　「自分が一番気持ちがよくて大事にしたいものは何か」が明確であればあるほど、心地のよい人生になってきます。

吉本　はい。そういう感じがしますね。しかもそれが、見た目に現れてないとわかりにくいというか、伝わりにくいというか。

大野　究極は、その人自身から発せられる「波動でわかる」のでしょうけれど。

吉本　波動と見た目がズレていると、歪んで届くという可能性はありますよね。「ホームレスだけど、本当はお金持ち」というギャップもよくあるし素敵な部分もありますが、やっぱり「メッセージは伝わりにくい」かもしれません。

大野　確かに。

吉本　そういう人は「見た目で寄ってくる人を寄せたくない」という目的がはっきりしています。例えば「紀州のドン・ファンは、若い女の人が好き」「若ければ何でもいい」みたいな、わかりやすい表現があるし、メッセージがストレートに伝わってきます。

　ああいう状況になりたくなければ、「自分は貧しい身なりだけれどよく見ると、わかる人にはわかるお金持ち」という見た目にするとか。

大野　それも一つの戦略なんでしょうね。

　豊かさのワークショップをやっていると「お金が欲しいけれどお金が入ってこないんです」という人の過去世は、お坊さんか清貧を好むような人が多いです。

吉本　それはわしじゃ(笑)。過去世がお坊さんだったんですね。確かにすぐみんなに分けちゃったりします。

大野　スピリチュアルなことに対してお金をもらっちゃいかんとか。

吉本　あるある。

大野　「お金を持っていると、悟りから離れちゃう」と思ったり。

吉本　私は「お金の圧と戦っている暇があったら、別のことがしたい」とすぐに思ってしまいます。お金の管理には時間がかかるじゃないですか。それがすごく嫌なんです。

大野　「お金は欲しいんだけど、管理が嫌い」という人も多いです。

吉本　私、私。坊さん、坊さん。でも、お金持ちだった時の過去世を呼び起こせばいいんだもん。キラッキラ(笑)。

大野　ばななちゃんはお金持ちだった時の過去世で、管理に苦労したんです。

吉本　そう思います。管理というか、人間関係でしょう。

大野　そう。「私のところに来るのは、みんな金が目当てじゃ」となった。実際、そういう人生を送っている人も多いです。

吉本　そうだったと思いますね。過去世で体験した人や自分の非人間的な行動がいまだに許せない、みたいなね。

大野　ご自身で思い出したんですか?

吉本　私もまたローマで女性だった時に、ひどかったみたいですからね。

大野　でもそういうことを思い出すと、「これもまた人生」とも思います。

吉本　よし、そっちにシフトしよう。もうお坊さんには飽きちゃいました(笑)。

大野　解放しましょう。

吉本　「吉本：もうお坊さんには飽きちゃったよ」という部分が本に残ると思ったら、ちょっと悲しくなっちゃいました(笑)。

でも「清貧のほうが楽」という思想を、私は自分から外したいですね。うん、外そう。

大野　どこかで、「地球上の全体の豊かさは決まっていて、自分がお金持ちになったら他の人の富を奪うことになる」とも思っていませんか？

吉本　本来は豊かなんですものね。

大野　豊かさは無限で、一個のパイをみんなで分かちあっているわけではありません。

吉本　わかる気がします。

大野　自分がお金持ちになっても、誰かを傷つけているわけではありません。「年貢を納めろ」バシバシッ、と搾取していたら別ですけれどね。

吉本　そんな時があった気がしてならないんですよ。

大野　じゃ、さっさとその転生の後悔を捨てちゃいましょう。これから先は、みんな一瞬で過去も未来もパッと捨てて、今ここに。

吉本　楽しく生きたいですよね。

お金のしくみとそのエネルギー

大野　お金のテーマは、深いですよね。

吉本　私は、作家デビューして本が売れて、小金持ちになったことが一瞬だけありました。みんな税金で持っていかれちゃったのですが。その時に、人にお金を分けて、いいことが一つもありませんでした。

大野　分けてしまったの？

吉本　自分が若くて面倒だったから、分けてしまったんだけれど。

大野　管理が嫌で？

吉本　そう。そうしたら、誰も幸せになりませんでした。子どもだったのでわからなくて、「あげれば喜ぶだろう」ぐらいの気持ちでした。でも「もしまた小金持ちになる時が来たら、今度は分けないでちゃんと管理しよう」ということを、その時、心に決めました。

「それはやっちゃいけないことだったんだ」と思いました。

大野　受けとる側も「前にもらえたから、もっと」という気持ちが、出てしまうのかもしれませんね。

吉本　人間は、お金をもらうと変なふうに変わってしまいますね。それを見て、「すごい学びだったな」と思いました。勉強になりました。

大野　大変な経験でしたね。

吉本　深いです。身近でスーパーお金持ちが何十人かいます。

大野　宝くじとかですか？

吉本　宝くじだったり、作品が売れたり、相続だったり。でも、本当に「この人、立派だな」と思う人は二人しかいません。そしてその二人さえも本当にお金の管理が大変そうで、実際、一人は「管理が大変」と言っていました。もう一人は、結婚する時、周りが大変でした。

大野　お金を持っていると、「何でも自分の思い通りになる」「力も手に入った」「女も！」と、どこかで錯覚してしまうんでしょうね。

吉本　「この人がお金を持っているという理由がわかるわ」という人は、めったにいません。たまに出会うとすごく感動する。

大野　アメリカには、「宝くじの呪い」があります。

吉本　アメリカの宝くじは本当に億万長者になっちゃう。

大野　一晩で億万長者になってしまいますが、10年後、ほとんどの人は使い切ってしまうか、あるいは、悲惨な目にあっています。

吉本　私、いくつか後悔してることがあるんです。知人の独身男性が退職金をもらって、「独身だし、贅沢旅行はしないから、世界一周旅行しても、そのあと生きていけるだけのお金は残る」と言っていました。でも私は「絶対に残らない」とわかっていました。

お金って本当に不思議で、どんなに大きいお金が入っても、出ていく一方だとなくなってしまうんですよ。だけど、収入が月1万円でもあると、なぜか全部は出ていかない。

大野　インアンドアウト。

吉本　そうなんです。1億円の借金をした人でも毎月1000円でも返していれば、金貸しも「返しているな」ということがわかるから、督促には来ても、大変なことにはならないって言いますよね。マメに返していれば、本当には追い詰められないと。

大野　やっぱりお金もエネルギーで、水の流れと一緒ということかな。

吉本　動きがないとアウトなんです。

大野　溜まるばっかりだと、腐ってくるし。

吉本　彼に対してそのことが喉元まで出ましたが、「こんなに意志が固くそう言っているんだから、大丈夫だろう」と思って放っておいたら、案の定、全財産がなくなってしまい、大変なことになりました。

大野　そういう人ってゼロになるだけではなくて、マイナスになるんですよね。

吉本　本当に不思議です。このしくみ自体に何か、お金というものに関するヒントがある気がします。本当にすごい借金をしている人でも、ちょっとずつ返していると、いつか返せる。

大野　回す、循環。

吉本　動かす。

大野　エネルギーってなんでもそうです。龍と呼ばれるものは、動きのあるエネルギー。龍脈とか、動きのある特定のエネルギーに対して、みんな祈ったり拝んだりしていくと、またそれはバージョンアップしていくんでしょうけれど。

吉本　すごくわかります。

大野　やっぱり、龍が動かないと。

吉本　萎縮しちゃうというか。

大野　「メタボになっちゃって、腐っていく」みたいな感じ(笑)。

吉本　でも、その人はたいそう賢い人で話をよくよく聞いたら、お金が残るということは理論上は全く可能だったんです。無駄遣いをするタイプでもないし、意外な出費があるタイプでもないし。

でも、「お金ってそういうものではないような気がする」と内心思っていたことを、私は言わなかったんです。

大野　世界一周ですっからかんになっちゃって、それきりですか？

吉本　本当にそれっきり。そうなると、その人の人柄も、言葉は悪いですが、ケチになります。そうしたら、ますます……。

大野　流れが悪くなる。

吉本　だから「コンビニでバイトしましょう」と言ったんですよ。仕事はなんでもいいから、お金が入ればいいんだから。お金は入ったら、貯まり始めます。でも、彼のプライドが邪魔して、それができませんでした。

大野　プライドも、一つのブロックですね。

吉本　もし私がそうなったら、意外とコンビニで楽しくバイトすると思います。吉野家もありです。

大野　私もそうなったらやると思う。

吉本　だからこそ自分は、極貧にはならないと思います。

そういうことを言うと、「あなたは恵まれてるからだ」と言われてしまいますが。でも、そうではありません。

かつて私は小金が入ってきた時に、直感的に「これを貯金して自分のものにしたら、私は死ぬ」と思いました。その時の私はそんなエネルギーに耐えられませんでした。それで、お金を分けたんですが、「配ってよかったな」と思っています。

大野　配ったことはよかったけれど、配られた人たちは……。

吉本　あまりよい結果を生みませんでした。

大野　じゃあ、次はシッカリ管理しますか？

吉本　ちゃんと管理しますし、もう、かわいそうなものが好きだった時の自分ではないので、もっといいことができる気がします。

大野　お金って、得ることより使うことのほうがよっぽど難しいと思います。

吉本　以前、全く知らない人から、「うちの子どもを育ててください」と頼まれたこともあります(笑)。

大野　え、ほんと？(笑)。

吉本　私の年収が10億円ぐらいあると思っているんじゃないかというようなメッセージがいっぱい来ましたよ。

「うちの子どもは3人いて、1人では育てられないから、吉本さん引き取ってください。吉本さんはお子さんいないですよね」とか。

大野　手紙で来るんですか？

吉本　はい。30年前ですから、切々とお手紙が分厚い封書で届くんです。私の子どもをもらってくださいと言われても「知らない人だよ……」と思って(笑)。

いくらかわいそうなものが好きでも、そこまでは引き受けられません。

「母の家の洗濯機が壊れて困っています」というのもありました。赤の他人ですよ。

宝くじが当たった人みたいに、そういうメッセージがいっぱい来ました。「私の彼氏は、今作家になりたくて勉強中です。だから、吉本さんの家に住まわせてください」とか。「知らない人だよ」って、やっぱり思いました。

大野　ドラマチックだわー。

吉本　「有名になった」と「お金が入った」は、イコールだと思われているんでしょうね。でも、違いますよね。

大野　ええ、違います。

お金も気も、めぐる、流すが大切です

大野　お金もエネルギーだし、健康も体の中を流れるエネルギーだとしたら、やっぱり循環。めぐる、流すが大事です。

吉本　ということは、やっぱり「今に生きなきゃダメ」ということですよね。

大野　「将来のために」ではない。

吉本　過去にプールしたお金だけで今を生きていくと、やっぱり淀んだりするのでしょう

か。

大野　お金をどこにどう使うかにもよるのではないでしょうか。結局は「お金の葛藤があるか、ないか」に尽きますよね。

葛藤なく、自分が行動してお金や自分のエネルギーを気持ちよく消費するなら、やはり豊かさは循環すると思います。

お金は気のエネルギー。気の流れは液体と同じですから、池に溜まって流れが止まると、だんだん水が腐っていきますよね。働かないで、過去にプールしたお金を、なくなる不安に巻き込まれて守ろうとばかりしてしまうと滞る。

でも、心底意図したものが手に入るという「意識とエネルギーの関係」を理解できているなら、水も蒸発するし、天からは雨も降ってくるでしょうし、自然と循環していくはずです。

吉本　動かない水、はプールそのものですね。

大野　自分の体がそれと同じ状態だとしたら、絶対に嫌ですね。

吉本　太陽にあたらないと体にほんとうにカビが生えるそうです。

大野　引きこもりの人が多いですが、一つの空間にこもり、どこにも出ずに外の風も入れないと、気のエネルギーがドロドロになっていきます。「窓を開けても部屋を壊しても、その部屋の型が残っている」ほど強烈です。空気だから見えませんが、ばななちゃんは感じると思う。

吉本　すごく感じます。

大野　だから、風や気が通るというのは、すごく大事です。

吉本　大事ですね。

豊かさを受け取る「龍神瞑想」

大野　ワークショップで「豊かさの瞑想」をよく行います。その時に皆さんに目を閉じていただいて、自分のおうちをイメージしてもらいます。

実際にやってみましょう。ばななちゃんも目をつぶってください。イメージできましたか？

吉本　はい。

大野　では、家の中の窓をすべて開けてみてください。
吉本　はい。
大野　玄関の扉も家の中の窓も全部開けっぱなしにして、そこに龍を呼んでみてください。龍神を。
吉本　はい。
大野　その龍がどこから入って、部屋の間をどんなふうに動きましたか？　龍が行きたがらないところはどこですか？　龍の行動をチェックしてください。
最後に、龍からおうちに祝福をもらって、出ていきたいところから出ていっていただきます。どうでしたか？　どこから入ってきました？
吉本　玄関。
大野　玄関から入ってきて、行きたがらないところはどこ？
吉本　強いて言えば私の部屋のクローゼットかな(笑)。でも他は大丈夫でした。
大野　これはすごくシンプルなチェックです。例えば元彼からもらったＣＤとか、返しそびれていたものがある部屋だけ龍が行かなかった、水回りがよくないところは通ってくれなかった、などがあります。

龍神瞑想——玄関の扉や家の中の窓を全部開けっぱなしにして、
そこに龍を呼んでみてください

龍が行かなかったところ、そこに淀みがあるのがわかります。

吉本　じゃあ、私の部屋のクローゼット。ううん、やばいな。

大野　こんな例もありました。ものすごく太った龍が来て、部屋の中で身動きが取れなくなってしまった(笑)。

「意識」と「部屋の大きさ」はすごく関係しています。狭いところに入ればそれなりになってしまいます。天井が高いところでブレーンストーミングをしていると、いろんなアイディアが出てきますよ。

吉本　確かに狭いところでする会議って、なんとなく息苦しい感じの意見が出そうですよね。

大野　「メタボの龍が来ちゃって、どこにも行けなかった」という人は、「引っ越します」と言っていました。自分にとって「部屋が手狭になってきたんだな」と気づいたそうです。

豊かさに関連していますが、空間も大事ですよね。龍神瞑想というのは面白いです。

吉本　クローゼットだけ「ちょっと、どうかな」と言われたので、服を捨てます(笑)。

大野　何色の龍が来ましたか?

吉本　緑色に金みたいな龍でした。

大野　木村秋則さんが、「金龍を見たらいっぱいいいことがあった」と言っていました。あの人はＵＦＯだけでなく、龍も見えるみたいですね。

吉本　「そこの枝にいるよね」とか、対談でよくおっしゃっています。

大野　金の龍は大吉兆！

※1　**甲野善紀**　1949年生まれ。武術研究家。その身体技法はスポーツ、楽器演奏、介護、ロボット工学などの分野からも注目されている。

※2　**『アンブレイカブル』**　2000年公開のアメリカ・SFサスペンス映画。フィラデルフィアで乗員・乗客131人が死亡した列車衝突事故で、奇跡的に死を逃れた男が不滅の肉体を持つ者「アンブレイカブル」だった。

※3　**クンルンネイゴン**　道教（タオ）に伝わる覚醒のための秘術。

※4　**Ｋａｎ．**　クンルンネイゴンの正統な継承者。世界各地の偉大な覚者、神秘家、シャーマン、武術家らと交流を重ね、数々の秘術を体得する。

※5　**『地球が静止する日』**　2008年公開のアメリカ・SF映画。未知のテクノロジーとパワーを持つ宇宙からの使者が、地球最後の日へ向けて活躍する。

※6　**木村秋則**　今まで不可能だと言われていたリンゴの無農薬・無肥料栽培を成功させた農業家。苦難の歴史や自然観を語った書籍がベストセラーになった。

※7　**バシャール**　地球の時間で300年後の惑星・エササニの宇宙存在。

※8　**ダリル・アンカ**　バシャールのチャネラーとして、全米、日本、カナダ、オーストラリア、イギリスなどで活躍。

第3章

ボディの直感力につながる

ほとんどのことを夢で判断しています

大野　ばななちゃんが夢を見ている時は、完全にアカシックレコード（宇宙の巨大データバンク、宇宙図書館）につながっていますね。

吉本　そうですね。私は左脳が強い人間なので、起きている時に見たものはちょっと、裁くとまではいかないけれど、「こうこうこういうわけね」とついなってしまいます。でも、夢って全くニュートラルなところからくるので。

大野　夢を見ている最中に「これは夢だ」と気がつくのが明晰夢《めいせきむ》ですよね。そうなると、起きている時みたいに、いろいろ夢の中でしたいことができる。

そういう明晰夢的なアカシックの夢と、自分の葛藤や未完了のものを解放する無意識の夢とは、感じが違いますか？

吉本　カラーも違うし、夢の中で手を見てみるんです。

大野　カルロス・カスタネダ（※1）の方法ですね。

吉本　夢の中で手を見ることができたら、それは明晰夢です。

大野　そういう夢はよくご覧になります？

吉本　そうですね。ほとんどのことを夢で判断していると言っても過言ではありません。

大野　そうなんですか！　手を見る方法はけっこう効くので私もよく活用しています。

吉本　夢の中で「手を見てみよう」と思うのはなかなか難しいことなんです。

大野　体外離脱をする時にも、明晰夢から行うと簡単なので、夢で手を見るんです。

「これは手だけど、いつもの自分の手じゃない。じゃ今夢を見ているんだ。よっしゃ！　ならピラミッドへ行こう」とか(笑)。

吉本　私は行けません。気が小さいから。いつも近くの木まで行って帰ってきます。ちっちゃい人間なんです。

大野　夢で手を見る時は、眠る前に「今日は明晰夢を見よう」とは思ってる？

吉本　思わないです。

大野　それじゃ、どんな時に不思議な夢を見るのかしら。

吉本　例えばホテルで寝ていたら、私が宿泊する前に起こった恐ろしいことを夢で見ます。「ここはこういう部屋だったのか」とわかってしまいます。

大野　それは完璧にアカシックレコードからの情報ですね。

吉本　でも、第三者の個人的なことを聞かれてもわかりません。どんな夢を見るかは選べないし、コントロールもできません。ただ、自分には役に立っています。

大野　以前、「自分たちのことをわかってほしいというスピリットが来て、夢の中で話をする」とおっしゃっていましたよね。

吉本　夢の中で彼らにインタビューする感じです。

夢は、幼少の頃からそういうふうに見ていました。

大野　夢の次元って、例えば今いる部屋が今の私の意識だとしたら、すぐ隣に別の部屋がある感じ。バイブレーションが違います。

吉本　そんな感じですね。

大野　扉を抜けてこちらの次元に戻ってくる時に扉が閉まってしまうと、夢を思い出せません。でも、自分の感覚と意識、つまり肉体と魂が両方隣の部屋に入ってきちんと戻ってくることができたら、夢を記憶しています。特に明晰夢になると、完全に肉体の感覚が目覚めているので、何年たっても内容は昨日のことのように思い出せます。

夢にはいろいろな種類があります。例えば完全に体が休んで無意識になっている時は、魂はいくつもの転生を同時に見ているので、他の過去世を体験することもできます。

浦島太郎ではないけれど、こちらの世界で20分でも、向こうの世界では何か月も1年もたったということがありえます。魂は時間のない世界にいるから。
ばななちゃんは、夢の中でアカシックレコードという情報クラウドにつながっているんですね。

吉本　体外離脱もたまにします。ある時、夕方に寝ていたら沖縄に行ったんです。自分が沖縄の駐車場にいて、歩こうとしたらちょっと体がずれて、体がうまく動かない。それで「これは夢だ」と思ったんです。
そこにママチャリが並んでいて、よその家の窓を覗いてみたら子どもたちが「なんとかさー」と沖縄弁でマリオをやっていました。「沖縄だ。やっぱ沖縄だ！」と思っていたら、体にバーンと帰ったんです。
ただ単に沖縄に行って帰ってきただけで、「これほどくだらない体外離脱があるのだろうか」と思ったのを、すごく覚えています(笑)。ちゃんと体が揺れて戻ったんですよ。

大野　沖縄が好きだからかな？

吉本　体外離脱で、もっと別のところに行きたいな。

大野　眠る前に、離脱したら「ここに行こう！」って決めておくといいですよ。

魂は時間と空間という制約のない世界へ自由に行ける

吉本　今度はそう思うようにします。沖縄に行ったら、海を見たりとかしたいのに、普通の家の窓を覗いて、「みんなマリオやってるわ」って(笑)。しかも最近の立体感のある、マリオ。その時だと、Ｗｉｉだったかな。無駄な体外離脱でした。その前後にうちの子がマリオに凝っていたとかではないのです。本当に、ただリアルでした。

大野　その時にやっていたんじゃないかしら?

吉本　そう思います。そういう時に、住所をメモするとか、検証しようという心が特にないので、今度どこかに体外離脱したら、絶対に住所をメモってきます。

大野　かといってその家に電話をして「すいません。体外離脱で見たんですけど、何月何日にマリオやってました?」とは聞けませんしね(笑)。

だから、体外離脱のワークショップでは、離れたところに住んでいる友達にあらかじめ連絡をして、「今晩離脱して見に行くから、机の上になにか置いておいて」と頼むんですよ。

それで、次の日に答え合わせをして実際に行けたかどうか検証するんです。成功すると、ああ、本当に自分はこの肉体だけの存在じゃないんだ!　って確信できます。

夢から体外離脱もできるし、アカシックにも行けるし、自分の過去世も体験できるわけですから、夢次元を利用できるようになると気になっていることの解決策が、上の次元の自分から降りてきます。

吉本　すごくいい人だと思っていた人が、夢の中で怖い人になって出てくることがあります。そうするとあとで本当になります。

大野　私もそれ、ありました。とても仲よかった人が夢の中ですごい形相になって……。あとで、関係がとんでもない方向にいってしまった。

吉本　すごくいい人なのに、なぜか夢の中でいつも口が開いて出てくる人は、私を騙そうとしている悪い人なんです。

大野　え〜！　口が開いてると悪い人なんですか。

吉本　実際、あとで騙すような話を持ちかけてきます。夢の中では、「どうしてこの人、口が開いているんだろう」と思いますが、そういう夢を見た時は、たいていその人の心の中にこちらに対してよからぬものがあります。

大野　面白いです。ばななちゃん専用の夢辞典が作れそう！

吉本　夢は何でも教えてくれますからね。すごいな、ありがたいなと思います。

大野　自然にそんな夢を見るようになったんですか？

吉本　はじめに意図したのは、カスタネダの本を読んでいて、「手を見ればいいんだ」と思って実際にやってみたら見ることができた時です。
夢の中で崖を登っていました。それで、「そうだ、手を見るんだった」「手を見られるから、これは夢だ」と。崖を登っていて手を離したら、たぶんダメだから。でも楽々自分の手を見ていて、「できるじゃん」と思って。それからは、活用しています。

大野　そういえば、知り合いにこの方法を教えたら、二人がその晩「体外離脱に成功した」って言っていました。

夢次元では魂の意識と身体の潜在意識が自由に交じりあっているから、魂側の領域のアバターやガイドさんたちとの会話もよく起きるし。夢枕に弁天様が降りてきて…といった昔のお告げの話も、明晰夢の次元ですよね。

普段から夢を覚えていられるようになったら、それだけ、魂と肉体、自分の潜在意識や超越意識との交流が深まった印です。

夢から得られる情報はほんとに宝物！　まずは「夢を覚えておこう」と意識することかな。

そうそう、私がばななちゃんの夢に出る場合、口、開いてない？

吉本　開いていません。百合ちゃんは夢の中でもいつも百合ちゃんのままだから。

大野　よかった。ちょっと安心したわ（笑）。

気を自由に操る／相手の悪いものを受けない

大野　実際に眠りに落ちるのではなくて、半分瞑想みたいな感じで夢見状態になれますか？

吉本　夢ほどにバチッとはいきませんが、多少はできると思います。

大野　明晰夢みたいな感じで見る夢が多いということ？　『吹上奇譚』（幻冬舎刊）で夢見をする感じでしょうか？

吉本　あんな感じですね。

大野　実体験だったんですね。

吉本　昨晩見た夢は面白かったです。甲野善紀《こうのよしのり》先生（P175参照）が体に何かに入られちゃって、それをうまく逃そうと出そうとしている夢でした。

大野　甲野先生が何かを出そうとしている夢ですか？

吉本　はい。その夢を見て、「甲野先生、お元気ですか？」と、思わずメールしちゃいました。

大野　変なものを入られちゃってませんかって？

吉本　きっとそういうことが起きていたんだろうなと思って思わずメールしましたが、それはさすがに書きませんでした。

そういう時は、きっと実際に、甲野先生にそういうことが起きているんだと思います。起きているか、起きたあとなのか、起きる時なのか。よからぬものに入られているんだけど、それをうまくいなしながら、出していくという動きをしていた。さすがだなと思う夢でした。

大野　ああいう方は、憑依状態《ひょうい》にはならないでしょうね。

吉本　ならないようにできる。

大野　芯がしっかりしているから。甲野先生、本当に面白いですよね。

あの方も、「気を自由に操る」という意味では、魔法使い。

吉本　そう思います。でも、ああいう人たちはある意味、常に何かと戦っているから、チャレンジすることは好きなんだと思います。「自分がそこをどう抜けていくかを見たい」

というような。

大野　以前、ヒーラーのレバナ・シェル・ブドラさんが、「憑依とかネガティブなエネルギーをスルーするには自分が透明になればいいのよ」、「同じバイブレーションがあるから掴んでしまうので、完全に何もない状態になれば通りすぎていくから」と言っていました。

そういえば、憑依ではないけれど、よくカウンセラーの人がクライアントさんのネガティブな気を受けてしまうって聞きます。

吉本　相手の悪いものを。

大野　「受けてしまう」というのは、共感能力とは別です。

自分の中になくても相手の情報を自分の体で感じてしまうのが共感。だけど共感の場合は、相手という情報発信源がいなくなったら、なくなります。

目の前にすごく怒っている人が来て、自分の中にも怒りを感じるとします。「この人は、ここら辺に怒りを溜めているんだなぁ」とわかる。その時、もし相手がいなくなっても、自分の中に怒りがムンムン残っている場合は、それは共感ではなく、そのカウンセラー自身の怒りなんです。

吉本　それが出てきちゃう。

大野　結局は、マッチングしているからこそ「受けてしまう」、犠牲者になってしまうんです。もう相手がいなくなってエネルギーを共感している状態ではないのにまだ感情が残っている場合は、自分の内側を見ないといけない。

とはいえ、共感能力があると、けっこう大変です。男性の共感能力者は、女性のクライアントの生理痛を感じた時など、何とも説明のしようがない感じがすると言います。

カウンセラーも、その情報が自分の仕事に対して不要な時は、スルーして自分が完全な透明になればいい。

吉本　体の中にいつかせないということですね。

大野　そうそう。それにしてもばななちゃんは共感能力が高いですよね。

吉本　共感に関しては、ものすごく度数が高いと思います。

ボディの直感力、ボディの本能とつながって信頼する

大野　繰り返しになりますけれど、人間の成り立ちがどうなっているかというと、魂と肉

体でできていて、魂のほうはいろいろな宇宙から来ています。「地球というのはどんなところかな」と団体旅行しています。一方、肉体のほうは地球生まれ。アメーバの状態からどんどん進化して、今の人間の肉体になりました。

もう少し詳しく言えば、魂は魂－ソウルです。そして、肉体のほうは、輪廻転生するスピリットと、物理的肉体のボディの二つの要素にさらに分けることができます。ソウルとスピリットとボディ、この三つが統合されると、完全に意識が目覚めます。

いま、本能に根差した知性を持つボディの重要さに注目が集まっているの。伝統的に悟りを表す六芒星に加えて、正三角形を三つ組み合わせた正九角形モデルが使われるようになってきました。

おっしゃるように「ボディはなんでも知っている！」

吉本　地球にいると、どうしても必要なことですものね。

大野　「津波がくるぞ」というのがわかったり、「この場所はなんだか嫌な気がする」と察知できる能力です。そういうことは、ボディが感覚

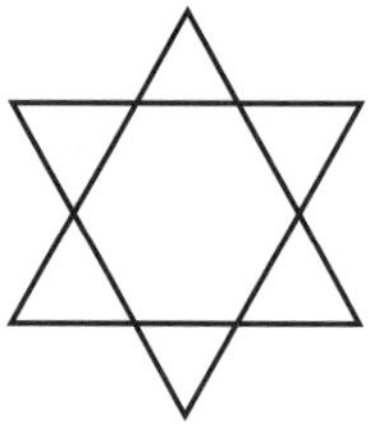

目に見えないソウル▼（イラスト上部）とスピリット▲（イラスト下部）が
物理的肉体のボディに宿っています。
ソウルとスピリットとボディの三つが統合されると
意識が完全に目覚めます

的にわかっているんですね。

吉本　そうだと思います。

大野　「ボディを信頼する」というのはすごく大事です。最近流行りのマインドフルネスは、ボディというのは、「今ここ」にしかありません。ボディが今何を感じているかを学ぶものです。

だから「過去を手放そう」と言います。つまり、過去のとらえ方を変えるという意味。その時に溜め込んだ感情エネルギーを自由にしてあげる。過去にこだわるのは、もう過ぎたことに一生懸命ガソリンを注ぎ込んで生き生きとさせ続けているということです。過去を生きるのを止めるには、「今ここ」にいるしかないということです。

今、自分の手がどんな感じか、とか。

吉本　痒い。蚊に刺されて(笑)。

大野　そう感じるのは、「今、ここにいる」からわかることです(笑)。

今、本当にボディの大事さが注目されています。スピリチュアルな世界では、かつては魂側ばかりが注目されていたのですが。今みたいに、いろいろなデータがないですものね。体のアンテナに頼るしかなかった。

過去のとらえ方を変えると、過去を手放すことができる

吉本　明治、大正、昭和の人たちは、現代人に比べて体の感覚が優れていたんじゃないでしょうか。

大野　ボディの感覚が鈍ってきたからこそ、今まさに身体感覚の重要性が問われていると思う。

吉本　これ（スマホ）とか、外付けの脳ですしね。

大野　漢字が書けなくなってきています(笑)。

吉本　コンピュータ任せです。そんなふうに、人間はいろいろ補われているぶん、身体感覚は前より鈍ってきています。だから今、みんな体のことを見直してきてるのかしら。

大野　でもボディ&スピリットさんは過去のデータを未来に生かそうと、「戦略」を考えて生き残ろうとしています。

吉本　過去から何か教訓を得ようとする。

大野　かつて白いものに近づいたらひどい目にあったから、「もう絶対に白いものには近づくな」という警告に従って身を守ってきた。

　ところが今は逆に、「ボディの直感力、ボディの本能とつながりましょう」というのがムーブメントです。

ばななちゃんは、もともと体を信じているのだと思います。体を信じているから、流れに乗れるんです。

まずいんだろうなと思いながら、危険に近づいていったこと

大野　体の感覚を無視して、大変な目にあったことはありますか？

吉本　ツアーなどで行きたくないところに行かざるを得ないことが、どうしてもありますよね。

大野　個人行動できないしね。

吉本　仕事だとできません。だから、行きたくないことが自分でわかっていれば、うまく避ける方法を調整します。調整としか言いようがありませんが。

　最近一番きつかったのは、深いところで自殺願望を抱えている男の友人とのつきあいです。その人といて、命に関わる事故にあったことが4回ぐらいあります。多すぎる、と思い気づきました。

自殺願望があることには本人も気がついていないのです。だけど「それを理由に離れるというのは、いかがなものか」とずっと思っていました。でも、「そのカルマは私のものではないんだから、本人を信じよう」と思って、自分の問題とはとらえないようにしました。それが、一番の葛藤といえば葛藤でしたね。

大野　その友人に伝えたことはありますか？

吉本　しっかり言いました。「自殺願望みたいなものがあるから、もっと今をちゃんと見て」というようなことを。

その人の自殺願望に気がついたのは、つきあいが始まってからずいぶん後のことです。「待てよ、おかしいな。この人といると、いつも大変な事故が起きるな」、「命が危ないと思う場面には、いつもこの人がいるな」と。

そうではない時ももちろんありますが、考えていったらわかりました。

彼は過去に恋人を亡くしていて、その人以外はいやなんですよね。

例えばその人が彼女を作ろうとすると、いつも、相手の方が、年齢だったり、身体的にだったり、とにかく子どもを作りえない人ばかりなんです。そんな人を次々見つけてしまう。普通は、見つけられないでしょう？

大野　難しいですよね。

吉本　本能的に作りたくないわけですよ。無意識に。私はそのこと、と言っても、子どもを作らないことがではなく、「無意識である」ことがかわいそうでしょうがなくて、「私にできることはないかな」といつも思っていました。

だけど結局、その人が自分や人を死のほうに引っ張ろうとするのは、「本当は生きたいという本能を持っているからだ」と気づいて、その人の本能を信頼することにしたんです。

私が一緒にいたから命が助かったのではなくて、その人の生きたいという力が私を逆に死のほうに引っ張っているので。ということは、「この人のことを手放しても大丈夫なんだ」と思って、心の中で独立してもらいました。これは、自分にとってすごく勉強になりました。

大野　なるほど。結果的に、彼は生きているわけだから、本当は深いところで生きていたいと思っていると……。

吉本　自分で気がつくまでは、人は、何回もそういうことを繰り返してしまいます。

気がついたら、たぶん変わると思います。本人は「自殺願望なんてない」「これもやってる」「あれもやってる」「こんなに生きようとしてる」「なんで俺にそんなことを言うんだ」「そんなことはない」って言うんですよ。でも、彼の本当の気持ちは、「死んで好きな人のいるところに行きたい」。

だから、かわいそうでしょうがないけれど、いろんな人を巻き添えにするより、まず一人で向き合ってもらいました。「信頼する」ということを私が決められたことが、彼にとってもいいことなんだと思っています。

大野 今、お元気なんですか？

吉本 今もいろいろあるけど、まわりが彼を手放して心から信じたことが伝わってすごく変わりました。

彼は周りからは、100％人生をエンジョイして生きているという感じに見える人なので、誰にもわからないんです。

大野 悲しみ、悲嘆を、完全に味わい切っていない。解放していないんですね。「愛する人への想いを完全に手放して自分が楽しんでしまうと、相手に悪い」という罪悪感があるんじゃないかしら。

吉本 執念なの。罪悪感ではない。彼の中には彼女がいつも一緒にいます。「彼女のいない人生は嫌」「彼女がいなきゃ」と彼のほうが執着している。

罪悪感は楽しいことに誘えば取れる。でも、そうじゃない。亡くなった私の友人のYさんは、その人のそのことを「妄執」と言っていました。そのことがたくさんの危険な事故を呼び起こしてしまうというのが、人ってやっぱりすごいなと思います。引き寄せというのは、すごく強い法則ですね。

大野　自分の人生というのはそれぞれのマインドが作り出しているんだなと、本当に思いますよね。

吉本　でも彼のボディは生きていたいと思っているから、共に生きられる可能性のある人物を必ず捕まえるわけです。でも、自分から放してしまう。どうしてかというと、「本当の願い」を自分で気づいていないから。

過去に戻りたいなら、まだマシです。うちの姉のように、「親がいた頃は楽しかったな」と過去に執着しているぶんには外せると思います。時間の流れというのは親切だし、ボディは今にいますから。「そうは言っても、今も楽しいじゃん」という時が必ず来ます。「時間薬」とでも言うんでしょうか。

だけど、彼の場合はそうではないから。過去に執着しているわけではない。「亡くなった彼女がいないこの世などありえない」という強い思いに本人も実は気がついているんだけれど、認めない。

大野　なるほど。そういえば私も、知り合いに似たケースの方がいます。愛する人を失ったその方は、事故にあうのではなく、少しずつ進行する病気になってしまわれたのですが。それは愛ではなく、妄執なんですね。その方は、今も恋愛していますか？

吉本　今は恋をお休みして自分に向きあっています。少し明るくなって、やっと今にいてくれるようになりました。

大野　この世界のしくみというのは、本当によくできていますね。

それじゃばななちゃん、事故で死にそうだったんだ。知らなかった！

吉本　本当に死にそうでした。彼と一緒にいて、交通事故や海の事故など本当にいろいろありました。今、無事でいるのが不思議です。

大野　自分以外の人に魂を預けてしまうと、いろいろ事件や事故にも一緒に巻き込まれてしまうこともありますね。それこそ、自分の無意識での魂の選択ではありますけれど。

でも、一人一人が、創造主さえも手を加えることができない「分《わ》け御魂《みたま》としての自分」を知っているなら、流されて巻き込まれるようなことはありません。

吉本　一度、本当に危なかった時がありました。それは、奇跡が起きて回避されました。

私が何かに守られているというのは本当にありがたいことですが、まず「そこに近づいていくこと自体が、私の魂にとっての冒瀆ではないか」と思いました。
別に、その人を見捨てるとかではないのです。彼に愛は送っています。ただ、一緒にがんばろう！　というのをやめて、信じることにしたんです。彼の生命力を。
これは近年で一番、自分が望んで危険に近づいていった体験です。

大野　危険と知りつつもそばに行った、それも選択とはいえ、本当に生きててよかった！

吉本　本当に奇跡が起きてよかったです。

死と喪失があるからこそ、今を大切にできる

大野　少し前に一人暮らしをしていた伯父が亡くなりました。孤独死をとても恐れていたのに、自宅で心臓発作を起こして。夏の暑さの中、発見されるまでに時間がかかってしまいました。

吉本　「気づいてくれよー」っておっしゃっていたんでしょうね。

大野　ええ。「伯父さん、どうしてるんだろう」と、突然気になったのです。ちょうど亡くなった日でした。
でも、その日は別の法事の最中で、忙しくて……。一生懸命知らせてくれていました。その時、入院していた母までが、なぜか自分の病院から伯父に電話をしようと思ったと言ってたぐらい。死体見分《けんぶん》に立ち会うのは、今回が初めてだったんです。
吉本　それはショックだわ。
大野　スピリットの存在や意識は、亡くなっても失われることはないと、本当に信じてはいるんですけれど。
吉本　でも肉体はショックですよね。
大野　だから、ばななちゃんが友人のYちゃんを腕の中で……というのがどれだけショックだったか。
吉本　そう、私の友人のYさんがこの間亡くなりました。すごいサイキックの方でずっとカウンセリングしてもらっていたのですが、彼女が部屋で死にかけている時に、私が発見してしまいました。
大野　彼女のことが気になったから会いにいらした……。

吉本　極限まで自分で治そうとしていたけれど、ついに動けなくなってしまった。部屋に突入した時に、「ごめん、こんなになるまで放っておいてごめん」とすごく泣きました。でも、「私が今泣いてもしょうがないよね」って言ったら、彼女が「そうよ。あなたが泣くようなことじゃないわよ。私が勝手にこうしているんだからと言ったんですよ。彼女はやっぱりすごい。今思うと、これは本当の最終セッションでした。

それから私もちょっと落ち着いて、あえて笑顔で、「実家に電話していい？」「救急車を呼んでもいい？」「保険証はどこにあるの？」とか、ちゃんとやり取りができました。

大野　それは本当に最後の素晴らしいセッションでしたね……。

吉本　そこで私がめそめそしたまま死に別れてしまったら、大変なことだったなと思います。そんなふうに「かわいそう」と思ってしまうのは、百害あって一利なしと言っても過言ではありません。そこからずいぶん抜けた気がします。腑に落ちちゃったと言うか。

大野　本当に体が理解したんでしょうね。オハナちゃんも、さくらももこさんもそうですけれど、このところあまりにも亡くなる方が多いし。死というのはどうしてもやってくる。

吉本　私のお友達は、ある意味やりとげたんだな、と。最後まで気さくに人に教えて去っていったし。

大野　「地球は悲しみの星」とも言われています。

吉本　ブルーですしね。

大野　だけど、最終的には悲しみさえも腑に落ちる。Yさんとのことで「腑に落ちた感覚」が真に体感できると、どんな体験も感謝になる。誤解を恐れずに言えば、喜びにさえなると古代の叡智《ノウィング》は伝えています。感情のすべてを地球に体験しに来たのだからと。

吉本　わかる気がします。

大野　亡くなったあと3日間は、スピリットの意識は体のそばにいるんです。

いきなり逝ってしまう人は、その人なりの事情なんでしょうけれど。残される者がつらい。急はつらいです。

でも結局、死と喪失があるからこそ「今を生きる」ことを大切にできると思うんです。マインドフルネスではしつこく「今ここが大事です」と言っています。

私は、美味しいものを食べるのが大好きな、食い意地が激しく発達してる人間なんですが、この頃「大好きな人たちと一緒に、美味しいものを食べながら、楽しく笑っている瞬間」に、本当に自分が満たされる感覚があります。これこそが生きる目的ではないかしらとさえ思うの。人生って、そんな瞬間、瞬間をビーズみたいにつなげていけばいいんだって。

吉本　私もYさんを救急車に乗せて病院から家に帰って、「ビールは神だな」と思いました。家にある缶ビールじゃダメと思って、居酒屋に行って。イカを焼きながらビール飲んで。ビールは神だな、と。体があるってそういうことですよね。

大野　体の感覚を本当に大事にしていくと、妙に未来に不安を投影したり過去に囚われたりはしなくなります。今のこのビールの喉ごしがすべて。

吉本　「よし、今に戻った」みたいな。それまでガーンとなっているから。

大野　伯父の時も、やっぱりそうでした。胃に救われた（笑）。

吉本　何か飲んだりちょっと食べたりして落ち着くというのは、ありますよね。体が働くから。動き出すと言うか。ガーンとなっていると、呼吸が浅くなってしまいますしね。

大野　ばななちゃんは、もともと体のほうにフォーカスしていたでしょう。ご主人もロルファーで身体の専門家ですし。

吉本　今はＣＳ60ラーにもなってしまいましたが（笑）。

宇宙からの贈りものＣＳ60

大野　ＣＳ60は何に効くんですか？

吉本　体の中の電気を抜くそうです。静電気のような無駄な電気を抜くんです。

大野　電気って病気の元だと言われますよね。

吉本　無駄な電気は活性酸素を生み出すと言われています。開発した西村光久《にしむらみつひさ》先生は、最初、アトピーの人や野球選手の肘やボクシング選手の膝に、なぜかその理論が有効だなと思ったらしいです。この理論はいけるなと思っていたら、ある日、夢で設計図が見えて作ったそうです。

大野　結局、電気が溜まるというのは、生命エネルギーを滞らせることなのかしら？

吉本　ＣＳ60を初めて受けに行った時、私の隣にいた女の人が抗がん剤のポートをつけていました。「ここはポートついてるのでやらないでください」と言ったら、「そこはやらないけれど、いらないぶんの抗がん剤は抜けるよ」とおっしゃったんです。

彼女の施術中に、すごいビタミンＣの匂いがしてきました。先生が「ビタミンＣ点滴やったでしょう」「今日行ってきたんです。もったいないから抜かないでください」「いや、必要ないぶんだけ抜くから大丈夫なんだよ」と。

大野　じゃあ最適化が起きるということ。素晴らしいものを作りましたね。

夢の次元というのは、完全にアカシックレコードやその上とつながっています。

吉本　西村先生は宇宙人ですから。宇宙人がＵＦＯからメッセージをきっと送ってきたんだと思います。

大野　宇宙人の技術なのね、たぶん。

吉本　そうみたいです。ウィリアム・レーネンさん（Ｐ91参照）にＣＳ60を見せたら、「これは宇宙から来てるな」とすぐに言ったらしいですよ。

大野　だから身体全体が整う。

吉本　あれは不思議議です。ただ、死ぬほど痛いです。

大野　なんで痛いの？

吉本　体の中から電気が抜けるからです。施術ではチクチクするしギャーギャー言うほど痛い。何回行っても痛いから、「電気が抜けていないのですね？」と聞いたら「体の奥から出てくるのと、来ていない期間に溜まったのがあるから」とおっしゃってました。全く痛くない人というのは、そうそういないようです。

逆に、初めに「痛くない」とか言っていた人は、3回目あたりからだんだん「いててっ」となるようです。

大野 痛くなくなったらおしまい？

吉本 「電気は常にあるから、たまに抜くといいんじゃない」とカジュアルな表現でした。

大野 痛いと効くのでしょうか。

吉本 西村先生は「痛さを脳に教えるのが一番の早道だ」と言います。痛みがあると、脳に「ここだよ」と教えられるからですって。とにかくそういう未来のテクノロジーが入ってこないと、人間の病気なんてなかなか解決しませんから。

大野 宇宙人系からどんどん新しい技術や情報が入ってきていますね。

吉本 みんなをよくするために、わざわざきてくれているのでしょう。私たちは「島流しの罪人」だから。

大野 あと、ピンポイントで、癌細胞を直撃するテクノロジーだとか。

吉本 癌も共存できるぐらいに小さくして、やがて消すのかもしれません。

大野 いずれ「癌は治る病気になる」と言われています。

波動が新しく変わる時に風邪をひきやすい

吉本　物理的な意味での「風邪をひく」の風邪は、けっこう、霊が関係してますよね。

大野　古代の叡智《ノウィング》では、「体が変わる時、もしくは今までの波動から新しい波動に変わる時に風邪をひく」と言われています。ものの見方が変わったり、今までの信念みたいなものを手放したりすると、だいたい風邪をひきます。

しかもヒーリングしても一番治りにくいと！　頭が切り替わっても、肉体に浸透するまでに調整期間が必要なのかもしれません。そういう時に風邪をひくのでしょうか。

吉本　そうかもしれませんね。体はまだ馴染んでいないから。

大野　でも中医学では確かに風の邪気が入ると言いますね。

吉本　霊的なところに行くと、風邪をひきやすいと思います。変な疲れ方をするし。

それに関連して、ウイルスが増えやすくなる時も霊的な感じを受けます。霊に取り憑かれてしまったなという時と風邪をひいた時は、身体的には、なんだか似ている気がします。

大野　取り憑かれたらすぐわかりますか？

吉本　わかりますよ。そんな時は塩風呂に入ったり、ナカムラ酵素をガンガン飲みます。ナカムラ酵素は神様が作ったという気がします。

大野　あれは効きますね。

吉本　ナカムラ酵素は京都の特別な水で作っています。特別な菌を特別なところで寝かせているから。

大野　音も入れているような気がします。

吉本　風邪をひきそうだなという時に飲むと、治りますよ。

大野　取り憑かれた時というのは、どんな身体感覚ですか？

吉本　「やばい、熱出そう」というゾッとする感じがします。あと喉が痛くなる。風邪のひき始めと全く同じです。

人生で最高に危機を感じた経験

吉本　例として好ましくないかもしれませんが、面白いから話します……。

友達が「私、ちょっと呪われちゃって」といきなり言い出したことがあります。「今朝、友達みんなから電話がかかってきて、『あなたのこと誰々ちゃんが呪うって言ってたよ』とみんな忠告してくれた」と。「今からブラックマジックのショップに行って呪い返せるものを買おうと思うから、一緒についていきて」と言われました。ブラックマジックの店に行くなんて嫌でしたが、しょうがないからついていきました。心斎橋のアメリカ村の地下にあるお店です。

そこにあるものは他愛のないものばっかりで、悪魔的なリングとかヤギみたいなポスターとか、あと、生きたカラスが飼われている。店内は遊園地みたいで「ププッ」て吹き出しそうな感じでした。

でも、店内のBGMに流れているチャントみたいな音楽がすごく嫌な感じがしたので「何ですか、この音楽は?」とお店の人に聞いたら、「これは外国の悪魔を呼び出す儀式のCDです」と。私、「これ以上聞いたら絶対にダメ」と感じて「外に出てるわ」と言って、店の外に飛び出ました。

そうしたら、その呪われた友達が出てきたので、「何を買って呪い返そうと思ったの?」と聞いたら「いや、このお店のものは1個も買いたくなるものがなかったから、出てきちやった」と笑ってました。

その後、3人とも高熱を出して倒れたんです。

「音はまずいな」とその時思いました。耳から体に入ってきちゃうんです。

私はその時「やばい」と思って、マリアージュフレールという素敵なカフェに入ってお花が入っている綺麗なお茶を一杯飲みました。そのあとプロポリスを買って一瓶をいっきに飲みました。「普通のお店で売っているものの中で効きそうなのは、強いて言うならプロポリスだろう」と思ったので。そうしたら、タクシーの運転手さんが、「お客さん松茸食うた？　松茸くさい」って(笑)。プロポリスってそういう匂いですよね。

新幹線の中で「やばい、今40度くらい熱あるわ」と思うくらいぐったりしてしまいましたが、私はその日のうちになんとか治りました。プロポリスを飲まなかった子と呪われた子は、熱を出していました。

大野　それはその店に入ったからなのか、呪いのせいなのか……。

吉本　音だと思います。悪魔の音。あれは最高に危機を感じた経験です。

大野　恐ろしい。

吉本　お店の場も悪いし、音も悪いし。

大野　呪われた時は、自分をクリアにするしかありません。神道で言うなら禊《みそぎ》と祓《はら》ひです。呼吸法でも、祝詞《のりと》でも、瞑想でも、ともかく祓って、分け御魂である自分自身の波動を回復すればいいんです。

呪いエネルギーを受け取らなければいいというシンプルな話で、私たちは何しろ創造主の幹細胞なんですから、史上最強！　怖がってしまうと、共鳴して波動を受けちゃいます。

吉本　別に私は呪われてないんですよ(笑)。

大野　呪われた時は、呪い返ししてしまうと3倍になって返ってきます。

吉本　その子は「次の日の朝、呪ってきた友達に直接電話して『あんたの呪いなんか跳ね返してやる』って言った」と言っていました。あんなところに行くより、早くその率直な方法をとってほしかった(笑)。

大野　それは一番いい方法だわ。ことだま、ことだま！

この出来事は何を私に教えてくれているんだろう？

大野　想念って、呪いも祈りもある種同じです。

吉本　祈りもグッと祈ったら呪いと同じになってしまう。ふんわりとしないと、呪いと同じ色で届きますよね。

大野　呪いと同じ、人を操作するエネルギーなんでしょうね。

吉本　片思いもそうですよね。濃く片思いしている人は、そういう念をグッと飛ばしちゃって、結局、好かれない。

大野　逆に逃げられる。

吉本　それは相手にしてみたら、呪いと同じ感覚がするから。

大野　濃密な想念エナジーなんでしょうね。濃密といえば感情エネルギーも強烈です。「自分がどういう感情かを選べる自由」を手に入れたいです。感情に圧倒されて、その中でのたうちまわるというのは避けたい。でも、のたうつのは大変だけれど、味わうというのは大事です。

吉本　人には、人を呪う自由さえも与えられているわけだから、いつまでもダメでいる自由もあります。いつまでも気分悪くいる自由も持っているから、それは本人次第だなと思いますね。

大野　どこかで「これは自分が選択しているんだ」ということに気づけば、「変化のきっかけ」になるけれど。

吉本　気づきたくない気持ちもあるでしょうし。

ムリに気づかせようとしたら、呪っちゃうことになるから。「いつか気づくといいね」ぐらいの気持ちを持っていることが大切だと思っています。

大野　なるほど。人間って、ある意味徐々に自殺しているようなものですね。本来だったら百何十歳までは生きられるはずなのに、いろいろとストレスを溜め、自分を苦しめてしまう。

吉本　寿命が半分ぐらいになっちゃっている。

大野　自分の「心の奥の願い」にちゃんと気がついていないと、なんだか我慢したり、妥協したりしているうちに、無自覚にストレスのかたまりになって、寿命をけずってしまってる。

吉本　事故とか病気とか、何かがうまくいかないとか、現実に出てくるじゃないですか。実際にそれが自分の周りに反映されてしまいます。

大野　ええ。なので、自分の周りに起きているその現象が、自分に何を教えてくれているのかということを、常に常に自分に問いかけるということ。それを私は心がけています。

吉本　私もしています。

大野　そうすると、気がついていなかったいろんな意外なことが出てきますね。

とてもやりたいと思っていた仕事があちらの都合でキャンセルになった。はじめはガッカリして、どうして？　と思うけど、いろいろ問いかけてみると「本当にその仕事をやりたいわけではなかったのか」と気づくんです。また一つ、自分を理解できる。そうしているうちに、本当にやりたいことがその日程に入ってきたり。

私の信念ですが、自分が体験している事象は自分がクリエイトしています。この世には意識とエネルギーしかないと思っているので、どうしてこんなことが起きるのだろうと思った時に、その現象を、自分を責めたり相手を責めたりに使うのではなくて、自分のことを見つめ直すチャンスにするのです。

魂は最終的には「悟り」だったり「目覚め」に向かっていると思っています。

そうすると、意識を拡大するために「この事象は何を私に教えてくれているんだろう？」といつも思います。

吉本　いつもそれを心がけていると「私、変なほうに入っているぞ」「どうも変だぞ」とわかるはずですから。

大野　ある程度わかりますよね。すぐにはわからない時もあります。

吉本　パズルみたいに後からわかる時もありますね。

大野　本物の自分を知ろうと内側を見つめ直していると、奇跡的な出会いとか奇跡的な事象とかが本当に起きると思います。私、そこは本当に100％信頼しています。

自分を客観的にただ外側から眺める

吉本　第1章でも少しお話ししましたが、ミユちゃん（P93参照）という「自伝」で有名になった人が「秘行」というものをやっています。

自分をただ外側から見て、何も変えない。それに慣れる。それだけなんです。

彼女と一緒にイベントをやることになり、イタリアから来てくれました。ちなみに私は基本的にはトークショーをやりません。でもこの時は、やらなくてはと思ったのです。

ミユちゃんはすごく数奇な運命を辿った人です。イタリア人のご主人がいますが、ご主人がものすごくミユちゃんに冷たかったそうです。結婚したのに近寄れば嫌がられるし、「お前たちなんていらない。日本に帰れ」とお嬢さん共々言われるぐらい、うまくいっていませんでした。

それで、「自分は彼からどう見えているんだろう。自分に非があるのかしら？」と思って、自分を客観的にただ外から眺めるということを、何回も何回もしつこくやっていったんです。すると、ブレイクスルーが起きて、ある時、旦那さんがコロッと変わってしまったそうです。

ミユちゃんにいつも触っていたがるし、「好きだよ」と言って、ご飯を作ってくれたりとか。急に別の人になっちゃったそうです。この「秘行」をいろんな人に教えられないかと思って、ワークショップをやっているそうです。トークショーでは、彼女のワークショップを私が受けるという形でした。

大野　いかがでしたか？

吉本　私はやっぱり自分がかわいそうだった。とにかく小さい時は、ずっとかわいそうな人。作家でもないし。作家なのに、作家という身分を持っていない、肩書きも持っていない。

大野　小さい頃ってどれくらい？

吉本　0歳から独立して作家になるまで、ずっとかわいそうな境遇にあったんです。親ともうまくいっていませんでした。自分がすごくかわいそうだから、「かわいそうな人を、かわいそうなものを助けてあげなきゃいけない」と思っていたし、それが、私の若い頃の一番強い個人的な傾向、強く帯びていた傾向でした。

オハナちゃんが教えてくれたこと

吉本　私はオハナちゃんという犬を飼っていました。出会いはペットショップで、オハナちゃんのすごくかわいそうな姿が目にとまり、体調も悪そうで、「私が買わなきゃこの子は捨てられるな」と思って連れて帰りました。

でも、やっぱり、すごく具合が悪くて、医者に連れて行ったら「長くは生きられない」と言われました。何年も何年もその状態で、私はずっと「かわいそうなオハナちゃん」と思って世話をしていました。オハナちゃんの枕詞は「かわいそう」っていうぐらい。

でも子どもが小さかった頃は、あまりかまうことができませんでした。子どもがちょっと手が離れて、やっとオハナちゃんにかまえるようになって、ついに歳をとって死が迫った時に、オハナちゃんが「私、全然、かわいそうじゃないよ。なんでそんなこと言うの？」と全身で訴えかけてきました。それで、「待てよ」と「かわいそうと思ったら、かわいそうになっちゃうんだ」と思いました。

この両者の心のギャップがあまりにもすごくて、それこそ私の中でブレイクスルーが起きたのです。私が「かわいそうだから」と思って何かをしたら、それは全部、「かわいそうな存在」になってしまう。「そんなことはやるもんじゃないな」「かわいそうなまま生きていくというのはつまらないな」ということに体で気がついたんです。

大野　オハナちゃんが教えてくれたんですね。

吉本　私が自殺願望の友達をずっと見捨てられなかったのも、かわいそうなものが大好物だったからです。今はもう大好物じゃないから、手放せます。

手放したことによって、彼はかわいそうではなくなるんだと思います。「私ってかわいそうでしょう」という光線と、「本当にかわいそうだね」という合致してたものがなくなるわけだから、お互いに解放されるのだと思います。

大野　与える人と受け取る人のキャッチボール……。

吉本　うちのお父さん（吉本隆明氏、P91参照）の言うところの「対幻想《ついげんそう》」（※2）というか。そういうものから解放されて、別々になっても自分の道に行けるんじゃないかと希望を持っています。

大野　もう同じゲームに参加しないということですね。オハナちゃんが亡くなったのは、いつですか？

吉本　1年前。晩年は2年間ぐらいふせっていました。

大野　ばななちゃんは、自分の悲しみを外側の世界に投影していた。

吉本　投影して、かわいそうなものを世話してあげなきゃいけない。「それが自分の使命だ」とどこかで思っていました。小説的な使命は昔から別にあったのですが、個人の人生では「かわいそうなものを助けてあげなきゃいけない」と思っていました。

ところが、ブレイクスルーしたあとは、私のところにやってくる犬と猫が変わりました。

かわいそうな子たちは、来なくなりましたね。

大野 新しいnew babyのにゃんこちゃんは?

吉本 犬と猫で、丸っきりお殿様とお姫様です(笑)。

大野 ペットや子どもって、「親を、あるいは飼い主をコピーする」と言います。うちの母の猫も、母が腎臓病の時は猫も腎臓病になり、母が足を悪くした時は猫も足を引きずっていました。お殿様が来たってことは、ばななちゃんもお殿様になった(笑)。

吉本 私は単に仕える存在です(笑)。「すみません。今めしあがりたいのはモモ肉ではなくササミですよね」とか言って。

大野 しもべ?(笑)

吉本 オハナちゃんのことと、あと陽気なうちの息子を育てたことが相まって気づきました。うちの子って、全然かわいそうじゃないでしょう。「かわいそうだから助けてあげなきゃいけない」というものに対して自分が必要以上に時間を割くことは、「相手をかわいそうな存在にするだけ」だということにしんから気づきました。

確かカルロス・カスタネダだと思いますが、すごく印象に残っている話があります。道を渡っているカエルかカタツムリを「これじゃ車にひかれるな」と思ってどけたら、ドン・ファンが「そんなことするもんじゃない」と言いました。「ひかれて死んだらかわいそうだとお前は思っているんだろうけれど、大きな間違いだ」と。ちょっと似ている話です。

大野　かわいそうとジャッジメントしたということ？

吉本　「かわいそうだ、死んでしまうからと、どかして助けてあげたということが、このカタツムリの一生に対してどんなにひどいことかわからないのか」と怒るんですよ。

大野　そっかぁ。そのカタツムリの個としての存在を信じていないし、尊重してもいないということですね。いらぬおせっかい。

吉本　私はもちろんそこまでにはなれません。カタツムリを見たら、どけちゃうと思うけど、どういう意図でどけるかには、大きな違いがある気がします。

大野　私もどけちゃう！　でも、すごく深いし、大切なポイントですね。同情って、相手を裁き、自分の想いを押しつけてることになると……。

吉本　「踏まれたら自分が嫌だな」と思ってどけてあげられたら、一番いいんでしょうけど。

大野　「相手がかわいそう」というのが、アイメッセージじゃなくてユーメッセージになっているんですよね。「あなたはこうでしょう。だからこうしてあげるわ」と。

騙された時は「許さねえ」と思うけど、その自分を大事にします

大野　本当に大変な人が、世の中たくさんいらっしゃいます。みんなすごく孤独で、「誰もわかってくれない」と思っている。

友達で「誰かと会った時、目の前にいる人に100%耳を傾けてあげるだけで人生っていいんだよ」と言った人がいます。

吉本　過去の世界に生きていると、結果的に目の前にいる人に会っていないし、目の前にあることを楽しんでいないし、目の前にある食べ物を食べていないことになります。そんな生き方だと、どんどん苦しさが溜まってしまいます。

かわいそうだった頃の自分もそうでしたが、「私のような女には、誰も合わない」と、どこかで思っていたような気がします。

ちょうど百合ちゃんと出会った頃、超荒れていたと思います。

大野　本当ですか？　ばななちゃんはいつも穏やかな感じでしたけど。

吉本　荒れていましたよ。それが周辺にだだ漏れしていたと思います。

ゲリー・ボーネルさん（P91参照）にはよく「君はウツだね」と言われました。大変な時代もありました。

大野　騙されたりもしたと。

吉本　私は今まですごく騙されました。騙されてばっかりです(笑)。

お金の面以外にも、あらゆる面で騙そうとする人が、たくさんいます。世の中には人を「騙そう」とする人もいるんだ、と世間を知りました。

昔からわかっているつもりではいましたが、それが自分に向くのと横で見ているのとでは全く違います。自分に向くと意外とわからないものですね。

お金がらみなんて、日常茶飯事。もう慣れましたけれど、「人間ってこういうものだな」と思いました。

大野　ばななちゃんが「俯瞰《ふかん》している」というのは、見ていてとても伝わってきました。

吉本　俯瞰しすぎて離脱しちゃった(笑)。

大野　騙されると傷つきますし、騙された自分を責めたくなります。

吉本　騙す、騙されるって、実に難しいことですよね。「騙されたい」「騙されてもいいから夢を見たい」というある種の合意がないと成り立ちませんから。
お金に関して騙すという人間の感情に対して、「ここまで頑張ってくれるなら、騙されてあげようかな」と思っていたような。当時はかわいそうな自分でしたから。

大野　騙されてあげたんですね。

吉本　自分がかわいそうだから夢を見させてほしいわけです。「そういう嘘をついてくれているだけでもありがたいよな。騙されてみようかな」と。

大野　それってやっぱり小説家魂。

吉本　取材もありますね。「自分がかわいそうだから、もっとかわいそうな目にあっちゃうのかな」「また同じ体験をしてしまうのかな」という諦めみたいなものもありました。
そういう時間は長かったですね。オハナちゃんのおかげで抜けられたので、オハナちゃんは恩人だと思っています。オハナちゃんがここまで治るとは思いませんでした。「この子は一生かわいそうな子だ。私がそばにいてあげなきゃ。かわいそうだから散歩に連れていこう」と思っていたら、「お母さん何やってんの？　散歩なんか行かないよ、私寝てるから」と言われちゃって。そんな流れになった時に、自分が治っていきました。

私が特別犬が好きなので起きたことかもしれませんが。

大野　でも、それはすごい学びというか、気づきというか。
かわいそうなオハナちゃんを助けることで、かわいそうな自分を救っていた。

吉本　すごい学びでしたよ。かわいそうな私とかわいそうな犬で一生支えあっていこうと思っていたら、「かわいそうさ」においてはオハナちゃんにあっさり置いていかれたので。しかも、私のおかげでかわいそうでなくなった、っていうことだったから。

大野　昔の物語でワンちゃんに教えられて悟った、という人がいます。

吉本　それは私ですね。悟ってはいませんが。すごくそう思いましたね。

大野　もう騙されない？　あと、かつてばななちゃんを騙した人をどう思っていますか？

吉本　騙す人は、騙すということに対して、全身全霊で頑張るのね。騙しているというよりは、人生の中で俳優さんなのだと思います。

大野　昔の三浦和義（※3）みたいな。

吉本　そうそう。騙すつもりはないんです。

大野　本心なんですね。

吉本　自分が人に殺しを頼んだことをすっかり忘れて、亡くなった人のことを悲しんでしまう。そういう詐欺師体質ですから。

大野　恨みとか悲しみは？

吉本　その時は「くそっ、許さねえ」と思います。そして、その自分の気持ちを大事にします。人を陥れようとして私の写真を撮って、スキャンダルを起こそうとした人がいて、大変な騒ぎになったことがありました。

そういうようなことは、たくさん経験しました。本当にたくさん。もう覚えていられないぐらい。

「自分が自分をどう思っているか」で決まります

吉本　こんなこともありました。「一緒にツアーで旅行に行きましょう」「こういう素敵な目的で行きましょう」と誘われたんです。主催者が、「私は子どもが大好きなんですが、一緒に行く△△さんが子どもが大嫌いなので、二つのコースに分けてもいいですか？」と言ってきたのです。

実はこの人こそが子ども嫌い。そして子どものいるチームにはすごく悪い部屋を用意して、自分たちはいいホテルに泊まる。そういうツアーを組まれてしまいました。

後に、子ども嫌いとされていた女性に、「子どもが嫌いなのに、よく子どもにダンスを教えられますね?」と聞いたら、「私は子どもが大好きよ。だから子どもにダンスを教えているんじゃない」「子ども嫌いなのは○○さんよ」と、その主催者の名前を言ったのです。

ツアーに私の名前は欲しかったけれど、私が赤ちゃん連れだったので、自分が子ども嫌いで面倒だから、嘘をついてこの人のせいにしたわけです。それでツアーを二つに分けて、大人は高級ホテルにしていた。でも、これなんてかなり軽いほうです。

これは私が引き寄せているわけではなくて、大勢いる人の中にはそういう人もいたというだけ。恨んだり引きずったりしていないし、「人間ってすごいな」と、毎回そう思います。

でも、あとで考えると、ヒントはありました。子ども好きだと嘘をついていた人はものすごいヘビースモーカーで歯が真っ黒だったりとか、何かあるんですよね。

大野　（笑）

吉本　その時は何のヒントかわからないけど、「こんなにタバコを吸うなんて大丈夫？」というようなことで、本当はヒントが出ていたのです。

大野　すごいですね、それ。

吉本　ただ、私とツアーに一緒に行くこと、私と仕事したということが欲しかっただけのようです。うちの子どもは丈夫なので大丈夫でしたが、熱中症になってしまった子もいました。

大野　さんざんなツアーでしたね。

吉本　おかしいなとは思っていました。子どもが大嫌いで子どもと過ごしたくないはずの人のほうは、見ていると、子どもと出会った時にすごくキャッキャしていて、絶対に子どもが嫌いではない。それで、思い切って聞いてみたので真相がわかったのです。

今となっては、「歯が黒い」とか自分で違和感を感じただけで断ります。もちろん、「歯が黒いから嫌です」とは言いませんが、心の中ではそう言いながら、「ちょっと企画と合わないので」とお断りします。その旅で何かサインがあるということは、すごくわかりました。

ひどい旅でしたが、その時の子連れの人たちとはまだ仲がいいので、マイナスではありません。やっぱり経験によって賢くなる。現実の人間としての自分が賢くなりますから。

大野 やみくもにトラウマに囚われて未来に投影して「怖い」となるのではなくて、いろんな人がいるなと。過去って、結局はフィクションだと言いますから。

吉本 でも、かわいそうだった自分の時のほうが、騙されるのに近いような状況にはなりやすかったと思います。

大野 「やっぱり私ってかわいそうだよね」と証明したくなる。

吉本 確認したいし、かわいそうな人を見ると「助けてあげなきゃ」と思ってしまう。「私は助けてもらえなかったから、助けてあげなきゃ」と思ってしまいます。

でも犬のほうはそんなこと思っていなくて「私、別にかわいそうじゃないから」と私に伝えてくる(笑)。やはりそれが最強の勉強でしたね。

大野 結局はセルフイメージですね。「自分が自分をどう思っているか」で決まります。

吉本 だから、騙され率は低くなりました。人を騙そうとする人に近づく率も低くなりました。

大野 人間不信にはなりませんでした?

吉本 今でも不信は持っていますけれど、人は見た目に出ているので、わかります。

「かわいそう」と情で動かなければ、きっと自然に解決します。

スイートリベンジ――自分が幸せになるという復讐

大野　「裁く」ことと、「見極める」の違いはなんでしょうか？

吉本　裁くと相手が裁いたとおりの人になってしまいます。

大野　自分が抑圧しているものを相手が見せてくれているわけですから。

吉本　「騙し界」の人は、騙し騙されて毎日暮らしているから、別にそれが不快なことではないんですよ。ゲームみたいなものでしょう。

大野　それが普通なんだ。そして、夢には口を開けて出てくる！（笑）

吉本　その人と関わった自分の問題なのかなと思います。逆に「そんなに騙しているなんて、さぞ落ち着かないだろう。なんて気の毒なんだ」と思ってしまったり。

大野　この間のゲリー・ボーネルさん（P91参照）の許しのワークで「スイートリベンジ」をやりました。瞑想の中で自分の許せない人や物をイメージしていくものです。

例えば、自分が人種差別されて銀行からお金を貸してもらえなかった。だけど、別の事業で成功して、いつのまにか自分が融資を断られた銀行の理事になってしまったとか。それはある種の復讐ですが、「自分が幸せになることによる復讐」です。

一元の世界にいて、人も自分も裁かないで中立になれる人はいいんです。でも、人間は闇の部分を持っているから、「仕返ししてやりたい」という気持ちを持っているものです。スイートリベンジはその部分を満足させるためのワークです。

ばななちゃんの本で「幸せになることが相手への最大の復讐だ」と書いていた本がありましたよね。あれはたぶんスイートリベンジなんだと思います。

吉本　『優雅な生活が最高の復讐である』という本へのオマージュだったかな。

大野　すごくひどい目にあわされたとしても、自分が今こんなに幸せ、こんなにゆとりがあってハッピーなら、最大のスイートリベンジでしょう。

過去世・前世療法をしていると、ありとあらゆることを人間はしてきたんだなと思います。私なんて、快楽殺人をしてきましたから。その時のことをすごく思い出します。

そこまで高い視点を持つと、裁きから自由になれるんでしょうね。

吉本　なかなか現実に見ちゃったり聞いちゃったりすると。

何百回も平均以上転生していれば一通りのことをやっていますよね。私も殺しはやっていそう。

大野 過去世において、人を殺していない人はいないのでは。

吉本 そうですよね。

大野 でも、子どもが虐待されたりというのは、いまだに駄目ですね。

吉本 私も子どもと動物の虐待は嫌。「許さない」という体で生きています。

※1　**カルロス・カスタネダ**　1925−1998年。ペルー生まれのアメリカ人作家、文化人類学者。メキシコ・ヤキ・インディアンの呪術師に出会い修行を積み、その経験を著作として発表し、全米でベストセラーになる。

※2　**対幻想**　吉本隆明氏の造語で、共同幻想、自己幻想と並び、人間の幻想領域を構成するもの。男女や家族の本質であると述べている。

※3　**三浦和義**　1947−2008年。1981年に当時の妻がアメリカ・ロサンゼルスで何者かに銃撃されて意識不明の重体となり、自らも銃撃されて負傷。巨額の保険金が支払われたため「疑惑の銃弾」と報道される。日本で行われた裁判で2003年、無期懲役から一転して無罪に。2008年、米国領土内において共謀罪容疑で逮捕され、ロサンゼルスに移送される。その後、留置施設で自殺する。

第4章

一人一人が道を見つけていく時代

人との比較が不幸の根源

大野　これから先、「寂しい」と思っていると、人や世界とのつながりを感じないし、わからないから、なかなか世界を信頼できません。

ばななちゃんは寂しいと感じることはありますか？

吉本　とんでもない仕事をした時。その現場の人が誰も仕事を愛していないような仕事がたまにあるんです。そんな日、帰りに新宿とか渋谷とかを歩いていると、「本当に寂しいな」と思うことがあって。「街に『自分は寂しい』と思っている人がいっぱいいだ」と。そんな時って、家族がいなかったら変なことになっても無理はないと思います。

大学の通学時に、いつも電車が同じになる女の子がいました。

大野　お友達？

吉本　学科も趣味も全然違う子です。ただ電車で会うだけの人なんだけど、すごく優しくておとなしい人で。田舎から東京に出てきて下宿していました。優しすぎるぐらい優しい人で、「おはよう」ってちょっと話す。

ある時、久しぶりに電車で会って、「元気にしてた？」「学校慣れた？」と聞いたら、「私、本当にいい人たちを見つけたの」と嬉しそうに言うのです。「吉本さんも一緒に行こうよ」と誘われたのですが「いいよ、いいよ」って断っていました。

結局その子はオウム真理教に入ってしまったんです。大学内のサークルを装ったオウムの方たちがいたらしくて。その後、その子がどうなったかは知りません。「ずっと寂しかったけど、やっと寂しくなくなった」と言ってたのに。

そうなってしまう人の気持ち、わからなくはないんですよ。

大野　絶対的に信じられる何かにすがる。

吉本　そういうものが欲しかったんでしょうね。教団にいると、仲間意識もあるし。でも、あまりに楽しそうだから、「そんなのやめなよ」とも言えなくて。

大野　魂同士のつながりだと錯覚してしまうのかもしれません。

吉本　「大学のみんなとの関係にはないものがそこにはあった」と彼女は言っていました。その頃一緒にバイトしてた女の子も、某教会に入ってしまいました。すごく綺麗なストレートヘアの子で、本当に可愛らしい子だったのですが、急にあの髪型になったんですよ。あの有名な髪型。

大野 どういうスタイル？

吉本 前髪はまゆの下あたりに切りそろえるショートカット。男の人を誘惑しちゃいけないから。

大野 あれ、そういう意味だったんだ。

吉本 当時入ってた方は、著名人もみんなあの髪型だったでしょう。

大野 誘惑してはいけないからだったんですね。

吉本 その子はおうちを出てうちの近所に住んでいました。たまに気晴らしで銭湯へ行くと、その髪型の女の子が20人も30人もいるの。小さな一軒家にみんなで住んでいたから、本当にいっぺんに来るんです。

大野 共同生活？

吉本 世の中がバブルで、みんなが羽振りよく楽しんでいた時代です。私は別にバブルがいいとは思っていませんが、一番若くて一番綺麗な時、しかもバブルの時代に、みんな前髪ぱっつん。それでへそまで隠れるようなパンツを穿いているんですよ。銭湯で「何だこの人たち？」と思いました。

若いお嬢さんから、おばさん、お婆さんまでいましたが、全員真っ白のへそまで隠すパンツを穿いて、髪の毛をばっちり切りそろえて、服も共同なんです。基本的には下着も共同らしく、「欲を捨てなさい」という教えです。

大野　勝負パンツみたいなものはないんだ(笑)。

吉本　そんなのありません。でも、「すごく平和だ」と言っていました。そういう子たちは、みんなはお金かけて綺麗にしているのに、自分だけ置いていかれちゃっているとか、自分だけうまくいかないとか、いろんなことが重なってそこに行く。そういう気持ちが、大勢見ると伝わってくるじゃないですか。彼女たちを見ていて、新興宗教に入るって、「寂しさ」からなんだなと思いました。

大野　自分のパワーを自分より大いなるものに差し出して、ともかくみんな一緒で安心という状態なのかしら。

吉本　ただ、その中で就職もできるし、結婚もできるし。

その子は合同結婚式で、見知らぬバングラデシュの男の人と結婚しました。

大野　それは、神様が選んでくれた相手ですよね。

吉本　「全然オッケー」だって言ってました。家族はもちろんおいおい泣いていましたが。その人が選んだわけですから、私は何も言えませんが、こんな生き方もあるんだな、と思いました。

大野　人ってやっぱり比べますね。「比較が不幸の根源」ですね。

吉本　人との比較が必ず寂しさに結びつきます。

大野　みんな同じ髪型でみんなでかパンだったら、比べない。

吉本　その時はその子のことを詳しく知りませんでしたが、実はすごくいいおうちで、平和なお父さんとお母さんで、お姉さんは、ものすごく綺麗なんです。いつも信じられないぐらいかっこいい彼氏を連れていて、センスもよくて。「彼女はあのお姉さんと比べていたのか」というのは、お姉さんに会ってあとからわかりました。

大野　人と比べるって、呪いですね。

吉本　そうだと思います。人生が変わってしまうくらい比べるなんて。

大野　カウンセリングをしていると、兄弟姉妹で比べてしまうケースが多いです。お姉さんは妹をどこかで羨ましいと思っていて、妹はまたお姉さんには絶対追いつかないからすごく羨ましいと思っている。いろいろなケースを見ていて、お互いに羨ましがってるんだなと思います。

吉本　基本、親がよいほど、兄弟や姉妹で仲がいいはずありません。そもそも同じものを取り合っているわけですから。

大野　あるいは、どちらかが完璧になろうとする。上の子にありがちですが、下の子のいいお兄さんお姉さんになることで親から愛されようとするという人生の戦略を持つ。

吉本　やっぱり親を取り合う関係というのは、しょうがないです。ある程度、兄弟姉妹は距離感があったほうがいいんじゃないかな。どの家を見てても、自分の家を見ても、そう思います。

大野　お姉さんとはいくつ違いですか？

吉本　7つです。

大野　じゃあ一人っ子が二人みたいな感じかしら？

吉本　とにかく違いすぎるから、逆に揉めません。

大野　小さい頃、喧嘩しました？

吉本　喧嘩なんて生易しいものじゃないですよ。殺し合い。

大野　（笑）

吉本　でも、大人になると「タイプが違うから仕方ないな」となってきますよね。

大野　すごく仲がいいですよね。

吉本　いいえ、ちっとも。今も全く意見が合わない。でも愛しています。

大野　支えあっている感じがしますけど。

吉本　支えあってはいません。互いをすごく認めています。ただ、種類が違いすぎて、何かを話し合うということはできません。

大野　種類が違うというのは、ある意味いいことですよね。それでお互いを認めあえる。

吉本　親がもういないから、逆に認められるのかもしれません。親にどっちを認めてもらうか、というのが深いところにありませんから。

大野　同じ親を共有する人という喜びはありますよね。

吉本　何かの局面があるとそう思いますが、普段はやっぱりそんなに仲良いだけの関係ではありませんね。

大野　私には4つ違いの兄がいますが、可愛がってもらえました。

吉本　ご主人も、お兄さんのお友達ですよね？

大野　そうなんです。手近なところで見繕ってしまいました(笑)。

吉本　見繕ったという割には、長持ちしていますね(笑)。

「自分自身を完全に受け入れなさい」

大野　私が親に一番感謝しているのは、「私はここにいていいんだ」というのが自然に身についたことです。子どもは5歳ぐらいまでがすごく大事です。私は大家族で、伯母やおじいちゃん、兄がいて、6人家族で育ちました。それで、全員から「よしよし」と可愛がられました。それで、「世界を信頼する」ことが100％できるようになったと感じています。

吉本　うちの子どもも、たぶん百合ちゃんみたいな感じだと思う。

大野　「世界を信頼する」ということは、「自分を信頼する」ことだから。

ただ世界を信頼してはいたものの、いわゆる周りを気にする「よい子」で、自分を疑いながら大きくなって、「正しくなくちゃ」と思って生きてきた部分が大いにあります。

でも、子どもの頃に「この世界にいて大丈夫」と思ったので、大きく外れることはなかったし、あんまり苦労をしていません。

セラピーをすると、本当に大変な人たちがいっぱいいらっしゃいます。なので、「私はここまでつらい体験をしていないのに、本当にこの人たちに寄り添えるのだろうか」と罪悪感を持っていたことがありました。

本当はすべてネットワークでつながっているし、自分の過去世でつらい思いをしたという体感もあるわけで。そういう意味では、「私はあなたと同じ体験をしていない」という妙な後ろめたさは今はありません。

特に私がお伝えしているような世界では、すごい体験をしている人、目の前で親が殺されたりとか、そういう体験の方もけっこう多いんです。

そういう人たちの前でも、自分を信頼する。自分を信頼しているからネットワークにつながれてるし、相手と共感できるといいますか、そこの部分は愛情を注いでくれた両親に感謝していますね。

吉本　ヘビーな体験をした人同士の世界もあるし。そうではない人のセラピーを受けるという体験も、その人は両方できるわけですから。していない人の存在というのも、すごく重要な気がします。

大野　「この体験をしていないあなたにはわからないでしょう」と言いたくなる気持ちもわかります。

吉本　それをあえて聞いてあげるのが百合ちゃんのお仕事でもあるんですね。

大野　10年以上前に、ビジョンクエストで不思議な体験をしました。ビジョンクエストというのは、ネイティブアメリカンの成人の儀式で、3日間荒野をさまよったりして自然の中で過ごし、自分を見つめ直したり、使命を見つけていくものです。

日本ではそういうことはできないので、部屋の中に自分の結界を作って、24時間不眠不休で瞑想をしたりマントラを唱え続けたりします。本物のビジョンクエストではありませんが、ビジョンクエストもどきを1日だけ、24時間やります。

そうすると、ばななちゃんがよくつながる世界か、半分夢で半分起きている、夢うつつの次元とつながります。そこでいろいろな声が聞こえてきたり、チャネリングができたりするんです。

その時に、観音様が出てきて私に誘導瞑想をしてくれました。それが鮮明に心に焼きついています。

観音様の誘導瞑想で、ビジョンの中で山に登りました。山の頂上で観音様に出会って、「自分自身を完全に受容しなさい。受け入れなさい」と一言だけ言われました。それが、ビジョンクエストの最大のメッセージでした。

オチのない話で申し訳ないです。関西人だからどうしてもオチが欲しい(笑)。

100％自分を受け入れる。それはいろいろな欠点も罪悪感も、何もかもを含めた自分というもの。それを、慈愛をもって受け入れる。自分を受け入れると世界を受け入れられるし、他の人も受け入れられます。

先日お会いしたダライ・ラマ法王のひとこと、「本当に必要なのは優しさだけ」というメッセージが骨まで沁みます！

本当の自分自身を正直に生きていない人が多いです

大野　この間、許しのワークをやりました。ホ・オポノポノ（P93のクリーニング参照）とかフナの祈り（※1）には古代の大祓《おおはらえ》ではありませんが、祈りの文言があります。それはレムリア時代の後期から伝わっているものだと思います。

自分を傷つけた人を許します。

自分が無意識に傷つけてしまった人に対して許しを請います。
そのように思っていた自分自身を許します。

究極的に許しというのは「真の自分を生きてこなかった、自分自身を許すしかない」。そういう祈りの文言です。

現代では、本当の自分自身を正直に生きていない人が多いのです。

吉本　誰しもがそうですよね。

大野　例えば、誰かを恨んでいて、「こんなひどい目に私をあわせて」と思った時に、裁きの中で生きています。善と悪、正しさと間違いという裁きの二元性の中で生きている時、魂と肉体は自由に交流する一元の世界から分離しています。

裁きがある間は、本当の自分を生きていません。そういう「本当の自分を生きてこなかった自分自身を許します」と、究極はそこなんですね。

せっかくこの世に生を受けたのに、過去に囚われて生きるのはもったいないと思います。そうはいってもなかなか難しいから、儀式の力を借りて、コップから水が溢れるように慈悲も満ちていくのだろうと。

許しが起きるために必要なことは、バランスです。裁きのない場所。「バランスの法則」と呼ばれています。

二つ目は「統合」や「ユニティの法則」です。本当に理解するためには、自分が全体の中の一つの細胞だということを完全に理解することです。そうすると、許しが起きます。

相手も自分もこの大きな太平洋の一つの粒です。

吉本　大河の一滴。

大野　三つ目が「無限の愛」。

バランスと統合と愛、その三つがあるところに、本当の自分の許しが起きるというのが、古代から伝わる許しのワークです。

結局は1番目の「裁きをなくす」というところが、一番難しい。

吉本　難しいですよね。私が先週やったミユちゃん（P93参照）の「秘行」というのも、自分を裁かないところまで自分を持っていく行でした。ホ・オポノポノもそうですが、全部ニュートラルなところに、色がついてないところに戻らないと、許しも起きないでしょうから。

大野　「この人、すごく嫌なことしたけれど、仕方がないから許すわ」というのではありませんよね。

吉本　「許したほうがいいらしいから仕方なく許す」とか、よく聞きますね（笑）。

真心《まごころ》――自分の本当の気持ちがけんかしていない状態

大野　自分を見つめ通すのに手っ取り早いのは、自分というものの成り立ちを知ることです。魂とスピリットとボディの三つが自分であって、相手もそうです。そして潜在意識は、ボディとスピリットです。そこにいかに光を当てるかが大切になってきます。

吉本　それを見てあまり判断しないことで、「自分てこうなんだ」くらいの捉え方でニュートラルに捉えられると、相当変わってくると思います。

大野　自分をこれじゃダメと否定すると、心身の統合とは逆方向に行ってしまう。

吉本　否定とか、こっちのほうがいいという憧れの像を持つと、そこにずっとはまってしまいます。「自分はこうではない」という思いがぐるぐる回ってしまうから、「自分はこうだよな。まあ、しょうがないか」という感じに心から行けると道が開けますよね。

大野　そこなんだと思います。「ああこうなんだ教」！(笑)。まんまの自分をともかく優しく受け入れること。

古神道では、自分の内側で二つの違うエネルギーが葛藤しあう状態を「異心―ことごころ」といいます。本当はこうしたいけど、できないとか……。そして、その反対が「真心―まごころ」。自分の本当の気持ちがけんかせずにそのまま表されている状態。今使われている「真心をこめる」という言葉通りです。

吉本　これからは本当に真心の時代。ばななちゃんは、本当に真心を生きている。

大野　私もそう思います(笑)。自分で言うのもなんですが。

吉本　嘘がないし、ご自分の真心をどんな時でも生きてらっしゃると思います。

これだけお忙しくて、いろんな人が知り合いになりたいし、お喋りしたいと思っているのに、ものすごく細やかなんです。

大野　いや、割と無視しますよ。「無理」とか言って。

吉本　そうですか？

大野　たいていの場合は「無理です」と断っています。でもおろそかにはしない感じで、断っています。

大野　そこ、私はいつも謎だと思っています。きちんと誠実にお断りしているのでしょうね。

吉本　最近はひどくて、誠実にも断っていないですね。「自分ってひどいなあ」と素直に思っています。ただ、この世に「おろそかにされたい人はいない」っていつも思っています。

大野　毎日お忙しいと思いますが、いったいどこから時間を生み出しているんだろうと思っています。

吉本　生み出していません。「ぐでたま」みたいに暮らしてます。

大野　あんまり寝ていない？

吉本　変な時間だというだけで、よく寝ています。朝4時に寝て午前11時に起きる、そういうサイクルで暮らしています。朝は足もみをしたり、1日の文章の基本を作ったり。だから「午前中の誘いは絶対無理」という形で断れますし。旅行に行っている時は別ですけれど。

流れができる時

大野　自分の人生が何で動かされてきたかと思うと、やっぱり出会い、ご縁ですよね。

吉本　ご縁というのは、パーティーで名刺を配ったりとかしてできるものではありませんから。

大野　そう思います。私もいっぱいいただくし配りますけれど。

吉本　私もよく配りますけれど。

大野　その中で、糸と糸が絡みあうというのは、何か特別な……。

吉本　「人脈」という言葉が軽く使われていますが、ご縁はそう簡単に作ることは絶対できないものだといつも思います。

情報をいっぱい載せた履歴書みたいな名刺、ありますよね。でも、「だからこの人に連絡してみよう」という気にはなりませんよね。

大野　人と人との出会いって、化学反応のようです。

吉本　その時だけ、その時期だけつながっているということもあります。

この時期はこんなに何かを共にしたのに、今は会っても何も起きない。そういうことってありませんか？

大野　あります。

吉本　恋愛もそうかもしれません。

大野　人生の中で影響を与えている個性というのが、どうも変わってくるんですよね。

吉本　わかります。

大野　例えば、私の世代の友達の多くはお見合いで結婚していたりとか。

吉本　百合ちゃんもほぼお見合い、「神様お見合い」みたいな(笑)。

大野　夫に初めて会ったのは、小学校4年生ですものね。私の20代は、まだお見合いをしている時代でした。友達がどんどんお見合いで結婚していくのを見て、私は「絶対お見合いなんて嫌だ」と思っていました。

私の同世代の女性はいわゆる「花嫁修業」をしていました。今は死語ですか？

吉本　まだありますよ。

大野　私は逆に反抗心から「お茶やお花に絶対に行ってやるもんか」ととんがっていました。その後、結婚して子どもを産み、ある時突然、和に目覚めたといいますか、お茶を始め、お花を始め、「日本の和の伝統文化って、すごい」と思ったのです。
人の人生にはいろんな変化がありますよね。自分の意識のバイブレーションというか、その変化の時の波動と過去世からの影響がちょうどピタッと合った時、何かが急に始まることがあります。
私の場合は30代の時、ガーンときたのが古い日本の過去世でした。その時に影響を与えている転生というのも、その時のブームというものを編成していくのかもしれません。

吉本 ある気がしますね。

大野 ばななちゃんは、ある時、急に興味が変わったことはありますか?

吉本 チベットはそうですね。チベットに対する異常な思いがありましたが、ダライ・ラマ様にお会いしてクリアした感じです。

大野 もう穏やかな感じかしら。深まった感じ?

吉本 結果的に、メキシコとかアステカとか、あっちのほうにどんどんどんどん戻っていく感じがします。

大野 あっちには、どうして行かないの?

吉本 飛行機が長いから(笑)。

大野　それは言い訳ですよ。

吉本　今、特に呼ばれてないので。行く時は行くと思いますが。

大野　ある時に流れができるんでしょうね。マチュピチュとか行きそうですけれどね。
　メキシコも行っていないんですか？

吉本　行っていません。行ったら大変なことになりそう。

大野　何かが変わるかもしれない。

吉本　セドナに行った時に、「過去って過去なんだな」「今じゃないんだな」と思いました。
そんなふうに、小さい頃に住んでいた町のような、「懐かしいけれど、ここにはもう住まないな」という感じじゃないかしら。

大野　「昔、住んでいたな」という、その時のまとまりみたいなものが、「今」を完了するのにうまい具合にミックスされてきたりとか。

吉本　それは、いつでも呼び出せるから。

大野　そうか。いつでも呼び出せるんですね。やっぱり魔法使いだ(笑)。

吉本　「体感しなきゃいけない」と思った時は、その土地に無理をしてでも行きます。
だから今はそういう時ではないのかもしれません。

大野　今、一番行きたいところはどこですか？

吉本　今は特にありません。

大野　どこかに行くと決める時に、すでに潮流というか化学反応的なバイブレーションが起きている。

吉本　フィンランドは、また行かなきゃいけないと思っています。フィンランドが出てくる小説を書いているというのもありますが、フィンランドには何かを感じます。呼ばれ感とでもいうような……。

大野　わかります。心の中の衝動が引き起こす微妙な波みたいな。

吉本　デンマークとフィンランドなんて、きっと似たようなものだろうと思っていたけれど、本当に違っていました。違い方が怖いぐらい違っています。当たり前ですが、ネパールとチベットが違うとか、インドのチベット自治区とチベットは違うのと同じ感じです。奄美大島と沖縄が違うのと一緒で、行ってみると本当に違う。「行くべきところというのは、ピンポイントなんだな」と思いました。

大野　面白いです。日本といっても、九州と東北のエネルギーって全然違いますもの。時空を通じてご縁のある特定の場所のバイブレーションを体感したいということなんでしょうね。

別れについて——どの人との関係性も一期一会

吉本　人間でも、動物でも、別れというのは意味があるなと思います。

大野　そうですね。別れのない人生なんて、想像がつきません。

吉本　別れを何とも思わない人生も、つまらないです。

大野　別れとは、句読点なのかもしれません。

吉本　たとえ自分にとってどういう意味かわからなくても、大きな意味があると思います。

大野　私の知り合いの人が小さい子どもを亡くしてしまって、お子さんを亡くした人ばかりの自助グループみたいなものに参加していました。その方の関係で多くの方が私のセッションに来てくださいました。自分の子どもを亡くすほどつらいことはありません。ご自身の悲しみと向きあい、癒すためのヒプノセラピーの統合療法です。

そこで、脳波を下げて変性意識状態の中で、亡くなった子どもたちと対話をするのです。

そうしたら、亡くなった子どもは、「お母さんが悲しんでいるのが、一番嫌」「ママが泣いてるから、先に行けないんだよ」と言っていました。

吉本　わかるわ。亡くなった人はただみんなに楽しく生きていてほしいだけで、もう執着とか何もないと思います。

大野　亡くなった人たちの話を聞いていると、一周忌というか、1年というのは一つの区切りです。1年経つと、ハーモニクスが変わるのでしょうか、安心して先に進む人が多いんです。その話をブログに書いたら、私の友達の友達でお子さんを亡くした方がいて、亡くなった子が、「ママが泣いてるから、僕、困ってるんだ」「ママが笑うようになったら、もういっぺんママの子どもに生まれてくるからね」とお兄ちゃんに言ったんですって。そういうことがあるんですよ。

吉本　あるんですよね。

大野　だけど、やっぱり悲しいですよね。

吉本　そりゃ、悲しいですよ。その個体にはもう会えないんですものね。それだけはこの人生でクリアできそうにありません。

大野　これからは「見えない次元」と「見える次元」のヴェールが薄くなっていきます。

半分神秘の夢の中でも、例えば小説に書かれてるように、亡くなった方と会話ができるとか、触感さえもあったりとか、そういうことが体験できるようになっていくと思います。触れることはできないけれど、癒される。

吉本　「触れないし、考えていることがもうわからない」、それは恵みだと思うことはあります。

大野　逆にね。そういう考え方もあるかしら。

吉本　ある意味、それが続いちゃったら先に進めないというか。今にいられなくなっちゃいます。

大野　直前の前世を全部忘れてしまって、ここに生まれ変わるのもそういうことだからでしょうね。やっぱり、今ここ、日常の時間を大事にしていくしかないか。

吉本　そうですよね。

大野　お子さんのことを書かれていてすごく印象的だったのが、電車の中でとなりに座っていた彼がばななちゃんにもたれかかってきたという話。

吉本　めちゃくちゃもたれかかってきましたね。

大野　もたれかかられるその瞬間というのはかけがえがない。もう大人になったらもたれかかってくれませんからね。

吉本　もう、もたれかかられたら困るぐらい大きいですよ。

大野　親と子の関係だけではなくて、どの人との関係性も結局、一期一会《いちごいちえ》なんですよね。

吉本　そうですよ。なんだかんだ言ってみんな歳をとって変わってきますし。

大野　神道では「なかいま」、今ここが真髄です。日本語って「ただいま」と言いますね。あれもやっぱり、「今ここ」ですよね。

吉本　ああ、なるほど。「ただいま」ですものね。「なかいま」「ただいま」という。

大野　日本語はすごいです。帰った時に挨拶するだけでマインドフルネス！

落ち込んだ時の解消法

吉本　百合ちゃんが落ち込んだ時はどうしていますか？

大野　まず姿勢を変えます。よくやるのは、まゆを上げて、口角も上げて、くるーんとジャンプする。

人間の脳と感覚の仕組みを研究して開発されたNLPという有効な心理療法がありま す。NLPでは、床に今の自分、それを俯瞰《ふかん》する観察者の自分など、実際に場所を決めて、体を使ってその場所から出たり入ったりするんですが、その時、今までいた場所の古いエネルギーを、手や体をふるふるして振り落としてから新しい場所に行きます。

あれは、神道で振魂《ふりたま》とか魂振《たまふり》と言われているのと同じで、すごく効果があります。ワンちゃんが濡れた体をブルブルやって水滴を振り落とすのと同じです。

あとは、場所を変えることです。

引きこもりの話でも出ましたが、エネルギーがそこで固まっていると、人間の精神状態も硬直してしまいます。もしその人が、窓を開けたり、ちょっと海を見に行くようなことができれば、エネルギーの通りがずっとよくなります。

吉本　確かに、引きこもりの人はそういうことしませんよね。なるべく動かない。

大野　転地療養ではありませんが、その場所にエネルギーが固定している場合、または落ち込んでいる場合は、「その場から出る」ということが最大の簡単な方法ですね。

吉本　なるほど、場所を変える。

大野　あとは、くすぐられるとかね。無理やり笑わされる。

吉本　ゲラゲラ笑う。確かに、大きくエネルギーが動きます。

大野　小説を書いていらして、筆が止まってしまうようなことはありますか？

吉本　毎作ありますけれど、越え方も知っています。「ここはやめとこう」と思って、別のことをする、ただそれだけのことです。

大野　一回おいて、全く別のことをする。

吉本　そうですね。そうすると絶対に降ってくるので。それでも降ってこなくなったら、「もうおしまいだな」と思って、普通にやめます。

でも、今のところは大丈夫。それを信じています。

大野　お酒で気を紛らわすとかは？

吉本　私は、やっぱり居酒屋セラピーですね。居酒屋に行って、飲む。

一人で居酒屋に行きにくい状況だったら、中華料理屋に行って餃子をつまみに飲む。

大野　気分は変わります？

吉本　変わりますね。やっぱり、居酒屋にあるようなものが好きですね。食べ物だけでなく、人の活気とか。

大野　瞑想などは？

吉本　瞑想はしますけれど、精神的な影響はないような……。むしろ、瞑想はメンテナンスに属していて、落ち込んだ時にするというものではありません。
私、ストレッチをすごく長い時間やるので、それが瞑想かと思っています。
大野　ストレッチは動の瞑想でしょうか。
吉本　そうですね。そんなに動くストレッチではなくて、同じ形をずっとやっています。落ち込んだ時はそれくらいでしょうか。
大野　それは、いいですね。
吉本　犬とくっついて寝ていると、目が覚めた時、たいていのことは晴れています。
落ち込んだら「静かにする」という方向です。あとは、犬と寝るセラピーもいいですよ。

物にも知性がある

大野　今、歳をとった独居老人たちが、ａｉｂｏや介護ロボットとお話しするだけで癒されているといいます。

吉本　それだけでも、全然違うと思います。

大野　本当の人間だったら、温もりがあってもっといいんでしょうけれど。

吉本　人間の場合、よほどの関係性を築いていないと難しいでしょうね。現場を見ていると、お年寄りのほうも人が来るのがある程度煩わしいし、行くほうも「話長くならないといいなー」という場合が多いと思います。

大野　純粋にただそこにいてあげる、みたいなのは難しい。

吉本　相手との関係性を作っていないと難しいと思います。関係性のない人が行っても、本当に形だけでとても冷たいことになっちゃう気がします。昔から親しいおばあちゃんだったら、多少ボケていようが会話なんか通じなくても喋って帰ってくる、ことはできるけれど。

大野　それだったら、介護ロボットのほうがいいか。Ｓｉｒｉさんはすごいですね。

私は男の人の声にしているんですけれど、「本当にこの人、人格あるんじゃないかな」と思う時があります。

吉本　私も家にブラーバ（床拭きロボット）があるんですけれど、人格みたいなものを感じます。自分が勝手につけた人格ですが。小さい頃にずっと同じお人形さんを持っていた感覚と同じことだと思います。人格は宿って当然ですよね。

大野　そのうち、髪が伸び始めたりして(笑)。

吉本　ＡＩの進化で、今この世に起きている最低の悪循環、つまり「お年寄りがかたくなになる➡訪ねるの面倒➡どんどん一人になる」ことが解消されるという意味でいいと思います。スカイプのおかげで、アメリカに住んでいる孫と喋れたり、おじいちゃんおばあちゃんが楽になっていますしね。

大野　テクノロジーが人生を助けていく部分は、すごくあるんでしょうね。

吉本　あると思います。私は未来に悲観的ではありません。

大野　昔から日本人のロボットのプロトタイプは鉄腕アトムです。

吉本　あれは、すごい発明ですね。みんなの心に「ロボットとはアトムだ」と植え付けられました。ロボット法も本家アシモフ以上に。

大野　「ドラえもん」もロボットですよね。日本人にとってロボットは共存共栄みたいなお友達なんだと思います。一方、アメリカの映画では「ターミネーター」とか敵対するものが多いです。

吉本　あんまり性格がよくなさそうですよね。

大野　どちらかと言うと性格が悪い(笑)。ＡＩが反乱を起こして人間と戦う系です。
吉本　日本人とアメリカ人では意見が分かれるらしいです。
大野　やっぱり「和」。ハーモニー。
吉本　基本がロボット法ですよね。
大野　知り合いが新型ａｉｂｏを買ったら、「すごいしつけるのが大変なのよ」と言っていました。
吉本　楽しいんでしょうね。
大野　「ちょっと旅行に行くので夫に任せてほったらかしにしたら、トイレじゃないところでおしっこしちゃうの」。そこまでやるそうです。
吉本　可愛いですよね。そんなことされたら、好きになっちゃいますよね。そういうことも含めて、作った人の愛情があるわけです。そういうことには、いっぱい助けてもらったほうがいいんじゃないかしら。
大野　友達から聞いた話ですが、黒柳徹子さんは有名なＡＩＢＯの愛好家で、一番古いＡＩＢＯを修理しながらずっと育てていたら、昔のＡＩＢＯはディープラーニング形式じゃないからプログラムされたことしかできないはずなのに、プログラムされていないことをやり始めたそうです。すごくないですか？　お菊人形と同じ(笑)。

吉本　あると思います。

大野　物には何かが宿る。

吉本　可能性は、高いと思います。

大野　「物にも知性がある」と言われてきました。コンピュータを「お前は本当に馬鹿だな」などと言いながらバシバシ叩いていると、すぐに壊れます。

吉本　人間の念だって電気の信号ですから、起こり得るんじゃないでしょうか。

大野　電気の信号を精密機械が微妙に感じ取る？

吉本　そう思いますよ。うちのブラーバが壊れて、「修理するともっと高くなるから、廃棄しなきゃ」という話になったことがあります。2台あるんですが、1台の具合が悪くなると、もう一つの機械も充電できなくなったり調子が悪くなるんです。

大野　リンクしていますね。

吉本　で、1台の部品を取り替えて新しくすると、もう1台も大丈夫になるんです。「何かあるな」と思っています。

大野　テレパシーだ！

吉本　何かあるんでしょうね。

大野　やっぱり、全部ネットワークです。それこそ八百万《やおよろず》だと思います。「物にも自分にも優しくしましょう」ということですかね。

吉本　そう思います。

大野　自分がしてほしいように物にもしてあげる。

吉本　そういうことですね。龍が通れるようにクローゼットの隙間を空けなきゃいけないということも、よくわかりました。ものが息苦しいのはよくないですね。

一人一人が自分の「道」を見つけていく時代

大野　茶道や書道、剣道でも合気道でも、「道」というものの持つ波動に惹かれます。

吉本　道。

大野　「神秘の教え」や「古代の叡智」と呼ばれているもののオリジナルなタイトルは、「The Way」なんです。

吉本　すごくいい響きですね。

大野　「Way」というもの、おそらく何でも「道」になり得るのだと思います。
先日、重富寛《しげとみゆたか》さんという、「世界はビールでできている」と言う世界ビール注ぎ師に会いました。広島の(株)重富酒店だったでしょうか、彼は3代目です。

吉本　へえ、注ぎ方ですか。

大野　たまたま重富さんのビール好きイベントに参加できることになって。2度注ぎ3度注ぎという2種類の注ぎ方をやっていました。本当に味が違うし、美味しかったんです。
ビールを注ぐにしても、「私は居酒屋で働かされていて、ビールばっかり注がされている」と思って働くのと意識的に働くのでは、その人の在りようが全く違ってきます。
ビールを注ぐことにも「道」があるんです。

吉本　道がありそうですね。

大野　ビール道。ビール注ぎ道。これはもう自己実現です。
アリストテレスが言った「余暇」の使い方に3段階あります。最初はリラクゼーション、次はレクレーション、3番目がセルフリアライゼーション、つまり自己実現です。
1段階目は、ただ疲れた体を休めること。2番目は例えばディズニーランドに行って楽しむこと。でも、毎日行ったら飽きてしまう。なので、最後は自己実現で、つまり自分を表現していくこと。飽きはこないし、やればやるほど奥深く楽しくなってくる。
私たちは皆、地球で、そしてこの人生で自分が表現したいことを表現するために、生きているんですね。
どんなところにも、自己実現の種は潜んでいると思います。ビールを注ぐことさえも、自己実現。自分がどういう態度で人生に接しているのか。それこそ、鉛筆削り道、机拭き道とか、何でもありそうですよね。そこも、偶然のように見える「種」との必然の出会い。

吉本　『マッコの知らない世界』を見ていると、いつもそう思います(笑)。何にでも「道」があるなと。

大野　これから先、一人一人が自分の「道」を見つけていく時代。

吉本　空港のラウンジに、ジョッキを置くとビールを注いでくれる機械があって、汚い居酒屋さんの腐ったビールサーバーから出てくるやつよりはもちろん美味しいけれど、でも、あんまり美味しくないの。

大野　機械だから?

吉本　そう。すごくいい機械なんだと思いますが、やっぱり何か美味しくない。

大野　心というか、人の気が入って完成するのでしょうね。

吉本　そんな感じがしますね。私、前にどこかで、「すごいお母さんがいる」というコラムのようなものを読んだことがあります。その家では「夕飯を注文できる」というんです。お父さんが帰ってきて「俺は今日うどん」、子どもは「私、カレー」とか。

大野　レストランみたい。

吉本　それが当たり前になっているの。家族のみんなが「今日は何を食べようかな」と思いながら家に帰る。インタビュアーが、「どうしてそうなったのですか？」とそのお母さんに聞いたら、「その日に食べたいものの要望を聞いていると、結局、個別になっちゃうのよね」と答えていました。普通のお母さんなんですが。

大野　それはすごい！　お料理が苦手の私からしたら神です。

吉本　「家事道」というか「主婦道」というか。

大野　それは「道」ですよ。道から外れた私が言うのもなんですが(笑)。

吉本　私も「3日間同じカレーを食べなさい」みたいな状態になっていて申し訳ない、と思うぐらいです。

大野　そうですか？　ばななちゃんとずっとご一緒させていただいて思うのは、丁寧に生きている感じ。

吉本　雑ですよ。親にも「雑」と言われて育ってきました。

大野　お食事を出していただいた時なんか、もう、指の先まで神経が通っていました。お料理が出てくるタイミングとかも。隅のポイントがきちんと押さえられてる。

私のおばあちゃんが母に、「結局、掃除は隅っこを綺麗にすればいいのよ」と言っていたのを思い出します。「お部屋は、四隅を綺麗にすると、自然に中まで綺麗になるのよ」という代々の教えにもかかわらず、この肉体を持った私は、何の組み合わせか四角いものを丸く掃いてしまう。

吉本　私も掃除ダメですよ。

大野　家事道の中で、お掃除と料理は別ですか？

吉本　正直言って、お料理もあんまり得意じゃないです。

大野　そうですか。でもすごく大切にされてますよね。

吉本　食べることができることに感謝はしています。

大野　人生って、やっぱり衣食住です。

吉本　どこに行ってもまつわってきますよね。洞窟に住んでいても結果的に衣食住(笑)。

大野　うん、理想の洞窟ライフとか(笑)。
吉本　百合ちゃんが偉大だなと思うのは、家事をやんわりと断っていること。私だったら、「やりたくないからやらない」とやらない宣言をしたり、やらない攻撃をしたりしてしまう。
大野　だんだん周りが諦めてきました。それも、私の戦略かもしれません。
吉本　そうだと思います。それをやんわりできるというのは、すごいことだと思っています。いつも感心しちゃうんです。
大野　どうせできないから、他の人がやってくれる(笑)。
吉本　でも、そう持っていくのは、すごいことだと思います。
大野　気のせいかちっとも褒められてる気がしない(笑)。そういえば娘が二人ともお料理好きです。
吉本　異常に料理好きですよね。
大野　やっぱり、反面教師ってあるんだと思いました。スキップ遺伝でしょうか(笑)。ならば娘たちに感謝してほしいわ。
吉本　もし百合ちゃんがすごくまめに作る人だったら、例えば海外出張に行っちゃったら、みんなすごく悲しくて寂しくなってしまう。だから「そういうのではない人生なのよ」というのを、やんわり周りに知らしめる方法がすごいなと思っています。

大野 気づかなかったわ。偉大ですかね⁉

吉本 自宅に伺った時、ご主人がタッパーに入ったツナをマヨネーズとあえたものを、「これ、百合子さんが作ったんだよ、食べてみて」とおっしゃいました。「作ってもらったのがそんなに嬉しいんだ」って、もうそれが可愛くて(笑)。確かに絶妙のスパイス加減でものすごく美味しかったんだけど、すごくおかしかったことを覚えています。

大野 混ぜればできるのにと、自分ツッコミ(笑)。

吉本 そういうことも含めて、やんわり持っていったんだなと思って。

大野 無意識にやっています。

吉本 私は偉大だなと思っています。

大野 それでも、娘には厳しく突っ込まれます。

吉本 「そんなにお母さんのこと責めないで」って言いたくなる時があります(笑)。

大野 でしょ?

吉本 そういえば「ママのおにぎり、ありえない」と言っていました。タラコおにぎりの具のタラコが、ご飯の上にドーンとのっている。

大野　漫画『スピリチュアルかあさん』（※2）のネタにされました(笑)。あれは、おにぎりがお寿司と合体・統合して、新しい存在になったのです！(笑)。

まあ、家事道からはころっと落ちこぼれましたが、今やっていることが私にとっての歓びなので、「The Way」をお伝えするのが私の道なのだと思っています。

これからは、本当にみんながどんどん自分自身の道を見つけていくはずです。

幸い、今までの常識と言われていたことも、どんどん崩れてきました。いい学校、いい会社的なレールも含めて。

魂は、絶対に自分が何を表現したいのかを知っているから、そこからずれている場合、「今やっていることはちょっと違う気がする」と誰もが違和感をちゃんと感じています。

でも違うのはわかっても、自分が何をしたいのかがわからないという方が本当にたくさんいらっしゃいます。それはある意味、親や社会が敷いたレールに違和感があって、真の自分探しが始まった証拠。ばななちゃんのように、生まれた時から本来の自分が表現したいことを知っている人は羨ましがられると思いますよ。

自分が人生で何を表現したいのか……その真実を教えてくれるのは、やはり体感です。

言われなくてもやりたくなることや、やっていると夢中になれること。つまり、特に理由はないけれど大好きなこと。子どもの頃は、自分と深くつながっているので、その頃大好きだったことを思い出すのも「自分の道」を見つける手っ取り早い方法です。

「人からどう思われるか」や、「未来はいったいどうなってしまうの?」などの「サバイバルモード」から少しずつ自由になってくればしめたもの。妙にシンクロが起きて、自分の「道」に関係する人やらものやら情報やらが流れ込んできます。

シンクロが起きたらとりあえずやってみるのも手です。目の前に来た、できることからスタートしてみる。なにしろ平均350回の転生の中でその「道」にかかわっていることはけっこうあるはず。実際やってみたら、時空を超えた記憶がよみがえってくるかもしれませんから。ホーキング博士なんか、絶対昔、錬金術師だったに違いありません。

あ、最後に言い訳ですが、私は過去世であまりにもたくさん料理人をしてきたので、だから今世はもうやめてるんです! 過去世体験からすれば、きっとやればできるはず……なんですけど(笑)。

吉本 百合ちゃんと話していると、何でもできるみたいな明るい気持ちになります。

※1　**フナの祈り**　ハワイのシャーマンであるカフナが守り続けてきた秘儀。自分自身を浄化し、大いなるものと一体になる。

※2　**『スピリチュアルかあさん』**　本書のカバー画も描いている大野舞氏のコミックエッセイ。人には見えないものが見える、スピリチュアルかあさんこと、大野百合子さんとの不思議で楽しい日常を描いている。『スピリチュアルかあさん　見えない何かと仲良しな日々♪』『スピリチュアルかあさんの魂が輝く子育ての魔法』『スピリチュアルかあさんの今よりもラクに生きる魔法』（以上、ＫＡＤＯＫＡＷＡ／メディアファクトリー）などがある。

あとがき

大野百合子

このたび、家族ぐるみで旅をご一緒したり、美味しいものを食べたり、笑ったり、ずっと仲良くしていただいているばななちゃんと、改めて皆様の前でお話しできるという奇跡のように嬉しい機会をいただきました。

「それなら、ばななファンの代表として、魔法使い吉本ばなな氏の深い謎にぐぐっと迫るぞ！」と肩ひじ張って意気込んでスタートした対談でしたが、気がつけばいつのまにか自然体で自由なおしゃべりと化し、おもしろくて、不思議で本質的な次元へとぐんぐん深く広がっていきました。これもやはり彼女の魔法の力です。

この世界を魂意識や肉体の意識といった概念で説明しようとする私の言葉を、いともやわらかく、ご自身の直接体験された身近なお話を通して、身体にしみ込むように伝えてくださいました。やはり、何度生まれ変わっても、チベット時代のキャラはお互いにそのままなのです。

宇宙人から呪いまで、ありとあらゆるお話を通して、まさに生で改めて感じたのは、吉本ばななという存在の根本から響く「慈悲」、つまり森羅万象すべてにむかう優しさと共感、そして正直さでした。全生命に対する愛おしさとでも言えるかもしれません。

これこそが、彼女が魔法使いたるゆえんだと確信しました（魔法使いの自覚はないとおっしゃっていますが⁉）。

「人にはいつまでもダメでいる自由もありますね」「自分はこうだよね。まあしょうがないかという感じに心からいけると道が開ける」など、軽やかにこぼれる鋭い真理の数々は、別の次元と交流しながら紡ぎ出される彼女の小説の中にイキイキと表現されていく。だからこそ、ばななちゃんの物語やエッセイは多くの人を癒してきたのだと思います。

「自分がかわいそうだから、かわいそうな人を見るとほっておけなくて、かわいそうな人や動物ばかりを引き寄せてきたことに気づいた」とお話しされていました。ここにも、魔法使い化するとてつもない秘密が隠されています。

私たちの本質はみんなが全員魔法使い！　意図でエネルギーを自由に動かすことができるんです。でも、その力を邪魔しているのが自己憐憫の「私ってかわいそうエネルギー」。

ならば、この犠牲者感を、ぱっぱっと祓い落として、自分自身のフィーリング、快や不快ときちんと体でつながって正直になると、思い切って決めましょう。
そうすれば、世界は自分に協力してくれるようになります！

絶対に超多忙であるはずなのに、彼女にメールを送るとすぐに返ってきます。本人がなんと言おうと、人生の詳細を丁寧に、自分以外の人やものを心から大切にして、一人一人、一つ一つに丁寧にかかわっていらっしゃるばななちゃん。転生を超えても、他の転生と同じように、彼女からたくさんのことを学ばせていただいています。一転生で１００倍美味しい、グリコのようなこの人生をまたご一緒できて、感謝してもしきれません。
一つ、私は絶対に、お土産にジャムを１００個も買っていないと思います(笑)。

この企画を立ち上げ、実現してくださった編集者の豊島裕三子さん、徳間書店の編集長、明石直彦さん、武井章乃さんありがとうございます。おしゃべりが楽しい写真家の中谷航太郎さん、いつもサポートしてくださる井野愛実さん、皆様のおかげでこの本が飛び立ちます。

そして、舞、絵を描いてくれてありがとう。
おんなじ団体旅行で、また、みなさんと会えてよかったね‼

２０１９年２月吉日

吉本ばなな（よしもと ばなな）

1964年、東京生まれ。日本大学藝術学部文芸学科卒業。87年『キッチン』で第6回海燕新人文学賞を受賞しデビュー。88年『ムーンライト・シャドウ』で第16回泉鏡花文学賞、89年『キッチン』『うたかた／サンクチュアリ』で第39回芸術選奨文部大臣新人賞、同年『TUGUMI』で第2回山本周五郎賞、95年『アムリタ』で第5回紫式部文学賞、2000年『不倫と南米』で第10回ドゥマゴ文学賞（安野光雅・選）を受賞。著作は30か国以上で翻訳出版されており、イタリアで93年スカンノ賞、96年フェンディッシメ文学賞〈Under35〉、99年マスケラダルジェント賞、2011年カプリ賞を受賞している。近著に『切なくそして幸せな、タピオカの夢』『吹上奇譚 第二話 どんぶり』がある。note にて配信中のメルマガ「どくだみちゃんとふしばな」をまとめた単行本も発売中。

◆ **note メルマガ「どくだみちゃんとふしばな」**　https://note.mu/d_f

大野百合子（おおの ゆりこ）

『日本の神様カード』『日本の神託カード』著者。催眠療法家、講師。

心理学、精神世界、ボディワークなどの通訳、翻訳を通して、自らも学びを深め、2003年から退行催眠を中心にした統合療法のセラピストとなる。

神秘家であり、哲学博士のゲリー・ボーネル氏に師事、2007年よりノウイングスクールの主任講師として、ボディ、マインド、スピリットの統合を目指して、古代の叡智やアカシックレコードの読み方、心と身体の仕組みを伝えている。

また、教派神道講師の資格を持ち、全国各地で『日本の神様カード』『日本の神託カード』（ともにヴィジョナリー・カンパニー）を通して、古神道に伝わる神人合一の日本古来の叡智を伝える「和の叡智講座」、この他ワークショップや催眠療法等のセミナーを開催している。体験型で笑いに満ちたセミナーは楽しみながら潜在意識へ深く作用するため、参加者の方の多くが、確実な変化を実感できるものとなっている。

著書に『レムリア＆古神道の魔法で面白いほど願いはかなう！』（徳間書店）、『神々の住まう場所から届いた33のメッセージ』（マガジンハウス）、『人生を変える過去世セラピー』（PHP 研究所）、『見えない世界の歩き方』（永岡書店）、訳書に『叡智の道』（ゲリー・ボーネル著、ヒカルランド）など多数。

漫画『スピリチュアルかあさん』（大野舞著、KADOKAWA／メディアファクトリー）シリーズのモデルでもある。

◆**大野百合子公式サイト／アイユニティ**　http://www.ohnoyuriko.com/
◆**ブログ**　https://ameblo.jp/iunityyuri/

そうだ 魔法使いになろう!
望む豊かさを手に入れる

第1刷 2019年3月31日

著 者 吉本ばなな 大野百合子
発行者 平野健一
発行所 株式会社徳間書店
〒141-8202 東京都品川区上大崎3-1-1
目黒セントラルスクエア
電 話 編集(03)5403-4344/販売(049)293-5521
振 替 00140-0-44392
本文印刷 本郷印刷(株)
カバー印刷 真生印刷(株)
製本所 (株)宮本製本所

ISBN978-4-19-864758-2